현대 마도학자

네르가시아 장편 소설

FUSION FANTASTIC STORY

THE MODERN
MAGICAL
SCHOLAR

현대 마도학자 7

네르가시아 장편 소설

초판 1쇄 찍은 날 § 2015년 3월 9일
초판 1쇄 펴낸 날 § 2015년 3월 16일

지은이 § 네르가시아
펴낸이 § 서경석

편집부장 § 권태완
편집책임 § 박은정

펴낸곳 § 도서출판 청어람
등록번호 § 제387-1999-000006호
등록일자 § 1999. 5. 31
어람번호 § 제1-2073호

주소 § 경기도 부천시 원미구 부일로 483번길 40 서경B/D 3F (우) 420-822
전화 § 032-656-4452 팩스 § 032-656-4453
http://www.chungeoram.com
E-mail § chungeorambook@daum.net

ⓒ 네르가시아, 2014

ISBN 979-11-04-90150-8 04810
ISBN 979-11-316-9243-1 (세트)

현대 마도학자

네르가시아 장편 소설

FUSION FANTASTIC STORY

THE MODERN MAGICAL SCHOLAR

7

현대 마도학자

THE MODERN MAGICAL SCHOLAR

CONTENTS

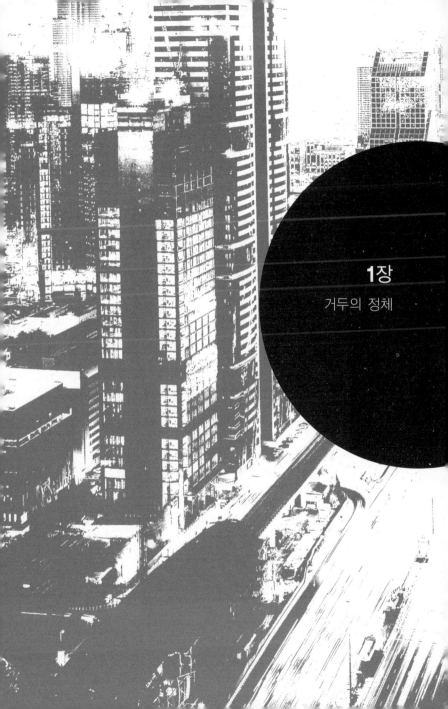

1장

거두의 정체

　울산의 한 작은 병원.

　온몸에 깁스를 한 장마량이 옥외 휴게실 벤치에 앉아 담배를 꺼내 물었다.

　그 옆에는 화수와 레이가 함께 앉아 맞담배를 피웠다.

　장마량이 깊은 한숨을 내쉬었다.

　"휴, 어디서부터 어떻게 얘기를 꺼내야 할지 모르겠군요."

　화수와 레이는 장마량의 동생을 사창가에서 구해주고 그 대가로 정보를 얻기로 했다.

　하지만 그 정보가 워낙 만만치 않은 것인지라 장마량은 벌써 30분째 뜸을 들였다.

두 사람은 그의 입이 열릴 때까지 인내심을 가지고 기다렸다.

아까부터 계속 말을 빙빙 돌리던 장마량이 이내 뭔가 크게 결심한 듯 입을 열었다.

"만약 제가 이 사실을 발설하게 된다면 저는 물론이고 제 동생들까지 모조리 죽은 목숨입니다. 잘못하면 일가족이 몰살을 당할 수도 있습니다."

"그만한 사례는 하겠다. 그 일례로 자네의 동생을 구해주지 않았는가?"

화수는 그에게 통장 두 개를 건넸다.

"하나는 스위스 계좌, 하나는 이탈리아 계좌다. 어지간해선 추적하기 쉽지 않을 거야. 이것을 가지고 알프스 근처 한적한 곳에서 살아. 네가 원래 생업으로 삼던 도축업을 다시 시작해도 괜찮겠지."

화수가 건넨 돈은 장마량이 동생들과 함께 스위스로 피신하여 생업을 꾸릴 수 있을 정도의 금액이다.

화수는 그가 동생을 찾게 되면 다시 암흑가로 돌아가길 원치 않을 것임을 익히 알았다.

이 세상의 그 어떤 가장도 가솔에게 자신의 어두운 일면을 보여주고 싶지 않을 것이다.

그것을 익히 잘 알고 있기 때문에 타국의 계좌를 준비한 것이다.

"원한다면 이탈리아에서 장사를 시작해도 좋다. 듣자 하니 내 동생들 인맥 중에 이탈리아 마피아도 있다고 하더군. 그쪽에 줄을 댄다면 든든하지 않겠어?"

장마량은 깊은 한숨을 내쉬고 말했다.

"휴, 좋습니다. 모두 다 말해드리지요."

한참이나 뜸을 들이던 그가 드디어 입을 열었다.

"우선 여러분은 장원이 어떤 조직인지 이해해야 합니다. 아시다시피 장원은 흑사회의 거두와 같은 존재로 알려져 있지요. 그래요, 장원은 흑사회의 한 갈래입니다. 중국의 뒷골목에서 장사를 하고 있으니까요. 하지만 여러분께서 생각하시는 것보다 훨씬 더 복잡한 조직입니다. 그들은 정재계는 물론이고 군벌까지 엄청난 인맥을 자랑합니다. 그곳에서 투자를 받아 특정 사건을 주도합니다. 그 사건으로 인해 생기는 수익을 N분의 일로 나누어 배분하지요."

"그렇다면 사재기 역시 정재계의 유명 인사들이 대거 참여했다는 말이군요."

"그렇습니다. 레이라고 했습니까? 당신이 지금껏 살아온 미국에도 이들의 마수가 뻗쳐 있습니다. 그곳의 상원의원들이 정치 자금을 마련하기 위해 장원을 이용하기도 하지요."

레이는 그의 얘기를 녹취하는 동시에 전용 메모장에 꼼꼼히 적었다.

그의 손이 점점 빨라졌다.

"미국의 상원의원이라……. 그럼 타국의 국회의원들도 대거 섞여 있겠군요?"

"물론입니다. 정치자금이나 비자금 조성에 이만한 수단이 없으니까요."

"하긴 그건 그렇지요."

"아무도 장원이 벌이는 일에 대해 정확히 알지 못합니다. 사람들은 특정 사건이 터지고 나서 물가가 오르면 그저 그렇게 상황을 이해하고 넘어가거든요."

"하지만 이번엔 특정 사건이 일어나지 않았잖습니까?"

"이제 곧 일어날 겁니다. 그래야 폭등에 대한 정당성이 부여되고 인터폴의 수사도 뜸해지거든요."

"으음."

"또한 폭등에 대한 정당성이 부여되기 시작하면 보통 그즈음부터 가격이 본격적으로 오르기 시작합니다. 아마 철 값이 10이었다면 특정 사건이 터지고 나면 50으로 오를 겁니다. 그들은 그럴 만한 사건을 반드시 만듭니다."

"그럴 만한 사건이라……. 이를테면요?"

"생산량 저하라든가 철광회사 내부의 폭동과 같은 일이지요. 아마 사재기를 거의 다 끝냈으니 뭔가 일이 터질 겁니다."

"으음."

"당장은 제가 하는 말이 믿기지 않겠지만 얼마 지나지 않아 제가 한 말이 무슨 뜻인지 알게 될 겁니다. 방금도 말했듯이 그들의 인맥은 상상을 초월합니다. 그런 일을 벌이고도 남지요."

"골치 아픈 놈들이군."

장마량은 서둘러 담배를 한 대 더 피워 물었다.

"골치 아픈 정도가 아닙니다. 한 사람이 한 종류의 전 세계 물동량을 좌지우지한다는 것이 믿기십니까? 그런 놈들과 엮이면 평생 노예처럼 살아야 합니다."

지금까지 장마량이 살아온 인생은 고통과 고역의 연속이었다.

"제 더러운 인생이 그놈들과 엮이면서 전보다 더 복잡하게 엉켜 버렸습니다. 다시는 빠져나갈 수 없는 그물처럼 말이죠."

"그래서 우리가 구해주려는 것이 아닌가?"

"…제발 그랬으면 좋겠습니다."

레이는 그에게 다음 이야기를 재촉했다.

"그 장원이라는 조직에 대해 조금 더 얘기해 주시지요. 이

왕 이야기보따리를 푼 김에 아주 확 다 풀어버리십시오. 제가 이것을 전 세계에 터뜨린다면 당신은 조금 더 자유로운 인생을 살 수 있을 겁니다."

"어째서요?"

"생각해 보십시오. 만약 전 세계적으로 일제히 비자금 사건이 터진다면 관련자들이 어떻게 행동할까요?"

"시치미를 떼겠지요."

"만약 거래에 대한 증거가 남아 있는데 비자금에 대한 의혹이 계속해서 증폭된다면요?"

"사건을 무마하려……."

"그래요. 사건을 무마하려 노력하겠지요. 그들이 일제히 돈을 몰아주었던 것처럼 적극적으로 사건을 무마하기 위해 나선다면 일은 조금 더 극적으로 흐를 겁니다."

"으음."

이번에는 화수가 그에게 물었다.

"그래, 그런 전제하에 한번 말해봐. 그 장원이라는 조직의 보스는 어떤 사람인가?"

장마량은 넌덜머리가 난다는 듯 고개를 가로저었다.

"아주 성질이 더럽다 못해 지랄 같은 여자입니다."

"여자?"

"저도 단 한 번 그녀의 얼굴을 봤을 뿐입니다."

"그게 언제인가?"

"제가 잘못해서 일을 그르치는 바람에 5천만 달러 정도를 날릴 뻔한 적이 있었습니다. 그때 물고문장에서 그녀를 보았습니다."

"장원의 물고문이라……. 아주 스펙터클했겠군."

장마량은 가볍게 몸을 떨었다.

"생각하기도 싫습니다. 태어나서 그런 말도 안 되는 물고문은 처음 겪어봤습니다. 정신을 차리려야 차릴 수가 없었습니다. 얼굴에 습자지를 붙이고 그 위에 고춧물을 붓는가 하면 100도가 넘는 물을 한 방울씩 허벅지 안쪽에 떨어뜨리기도 했습니다."

"으으……."

"그들의 고문을 제대로 이겨낼 수 있다면 그는 아마 사람이 아닐 겁니다."

"악질이군."

"만약 다시 한 번 그들에게 붙잡힌다면 차라리 혀를 깨물고 죽어버리는 쪽이 나을 정도였습니다."

장마량은 그녀의 대해 조금 더 깊이 상기해 보았다.

"그녀는 자신을 여자 취급하는 것을 극도로 꺼립니다. 그녀의 앞에서 여자의 여 자만 꺼내도 총살을 당할 정도니까요."

"사람 목숨을 파리 새끼만도 못하게 보는 년이군."

"자신을 제외한 모든 조직원을 장기판 위의 말이라고 생각하는 여자입니다. 만약 자신에게 필요 없다거나 신변에 위협이 되는 놈들은 죄다 죽입니다. 아마 그녀 스스로 여자라는 것을 인식하게 되는 순간 조직이 흔들릴 수도 있다는 생각 때문에 그렇게 거칠게 행동하는 것인지도 모릅니다."

"하긴 그럴 수도 있겠군."

레이는 그 보스와 조직에 대해 좀 더 자세히 물었다.

"그럼 그녀는 지금 몇 대째 조직을 이끌고 있는 겁니까? 다른 보스들이 조직을 이만큼 키워놓았으니 그렇게 어린 여자가 보스로 앉아 있어도 조직이 건재한 것 아니겠습니까?"

장마량은 고개를 가로저었다.

"그건 저도 알 수가 없습니다. 장원은 분명히 아주 오래전부터 존재했습니다만 그 존재를 드러낸 지는 그리 오래되지 않았습니다."

"근원은 미상이지만 그 힘은 아주 대단하다……. 어쩌면 그녀가 진짜 흑막이 아닐 수도 있겠군요."

"뭐, 그럴 가능성도 충분히 있지요."

장마량은 화수에게 이쯤에서 빠질 것을 권고했다.

"그들을 이길 수 없다면 차라리 이쯤에서 빠지는 것이 좋을 겁니다. 철 값을 내릴 수 있는 방법은 얼마든지 있으니 이쯤에서 물러나시죠."

"한번 엮이면 죽을 수도 있다는 소리인가?"

"괜히 여기서 삐끗해서 넘어지면 당신 한 사람의 목숨으로 끝나지 않을 겁니다."

화수는 실소를 흘렸다.

"후후, 하지만 이미 그러기엔 너무 늦었어."

"무슨 말입니까?"

"잘 생각해 봐. 네가 누구와 싸우다 이 지경이 되었는지."

순간 장마량은 중남미 범죄 조직인 쿠오시드를 떠올렸다.

"설마……."

"그래, 지금 쿠오시드는 장원을 때려 부수겠다고 아주 혈안이 되어 있다고. 우리가 조금 공작을 해놓았거든. 아마 두 조직이 만나서 협상을 벌이지 않는 한 이 전쟁은 계속될 것이야. 아니면 둘 중에 하나가 공멸할 때까지 지속될 수도 있지."

그는 고개를 갸웃거렸다.

"도대체 무슨 일을 벌여놓았기에……."

"별것 없어. 서로 밥그릇을 빼앗기지 않기 위해 발버둥 칠 뿐이지."

화수는 그녀에 대해 조금 더 깊이 알아보아야겠다고 생각했다.

"혹시 그 장원의 수장이라는 여자에 대해 알고 있는 사실이 더 있나?"

"자세한 것은 알 수 없지만 평소에는 아주 평범한 모습으로 위장한 채 살아가고 있다는 것뿐. 다른 것은 모릅니다."

"위장을 하고 있다……."

"아마 이 사람을 찾아가면 조금 더 자세한 사실을 알아낼 수 있을 겁니다."

그는 화수에게 명함을 한 장 건넸다.

[화이난 안마시술소]

"안마? 이쪽도 안마인가?"

얼마 전 불법 안마시술소를 다녀온 이후로 안마라면 치를 떠는 화수다.

장마량은 화수의 그런 마음을 간파한 것인지 즉시 고개를 가로저었다.

"아마 당신이 생각하는 그런 안마시술소가 아닙니다. 주로 수지침을 놓거나 접골을 하지요. 사람을 죽이는 데 특화된 그는 사람을 치료하는 데도 생각보다 조예가 깊거든요."

"이 사람이 누구인데?"

"제 정보통입니다. 저를 이 바닥으로 끌어들인 사람이기도 하지요."

"이를테면 사부인 셈이군."

"아니요. 그냥 접선책입니다. 아주 친한 접선책이요."

"훗, 그렇게까지 선을 긋는 것을 보면 각별한 사이는 아닌 모양이군."

"저는 그에게서 정보를 얻어다 씁니다. 당신들이 그에게서 정보를 얻어내려면 보통의 방법으론 어림 반 푼어치도 없을 겁니다."

"그거야 일단 부딪쳐 보면 되는 일이고."

이내 화수와 레이는 자리에서 일어섰다.

"아무튼 네가 아는 사실은 여기까지인가?"

"조금 더 자세한 것은 그에게서 알아내십시오. 저는 이만 손을 떼겠습니다."

"그래, 몸조리 잘하라고. 늦지 않게 한국 떠나고 말이야."

"알겠습니다."

화수와 레이는 그길로 중국 화이난으로 향했다.

＊　　　＊　　　＊

처음엔 그저 사소한 오해(?)로 시작되었던 쿠오시드와 장원의 트러블은 본격적인 전면전으로 번져갔다.

쿠오시드가 엄청난 숫자의 철광석을 빼돌리고도 시치미를 떼다 못해 장원의 물류창고를 닥치는 대로 털어댔기 때문이다.

처음 울산에서 시작된 싸움은 미국과 러시아까지 번져 동시다발적으로 벌어졌다.

오늘 싸움이 벌어질 곳은 러시아의 수도인 모스크바이다.

화수의 제보로 알려진 장원의 물류창고인 모스크바의 한 폐공장은 이제 막 폐가로 변할 예정이다.

러시아 횡단열차에 무기를 숨겨온 쿠오시드의 조직원 300명이 일제히 공장의 셔터로 총을 난사했다.

두두두두두두두!

"우리의 밥그릇을 빼앗는 놈들이다! 보이는 족족 죽여 버려!"

"예!"

끝도 없이 총을 난사하던 바로 그때, 창문을 열고 장원의 조직원들이 얼굴을 내밀었다.

"이런 미친놈들! 감히 이곳이 어디인 줄 알고 쳐들어오는 것이냐?!"

"흥! 남의 밥그릇에 수저를 담갔으면 이 정도 보복은 예상했을 텐데?"

"뭐라?! 저 새끼가 지금 뭐라고 지껄이는 거야?!"

서로 말이 통하지 않는 것은 당연지사.

양쪽의 중간보스들은 혈안이 되어 서로에게 총을 난사했다.

"미친개에겐 매가 약이다! 죽여 버려!"

"뻔뻔한 새끼들! 조져!"

"이런 개새끼들!"

엄폐물도 제대로 없는 폐공장에서 벌어진 총격전은 순식간에 주변을 피로 물들였다.

두두두두두!

푸하아아악!

"커흐윽!"

"배, 배를 맞았다!"

"보스, 이대로 가다간 서로가 전멸입니다! 뭔가 특단의 조치를 취하시는 것이……!"

"시끄럽다! 이대로 물러섰다간 우리의 체면이 땅바닥에 떨어지고 만다!"

"하지만……."

"우리는 쿠오시드다! 저런 미개한 약쟁이들에게 꼬리를 말 생각인가?!"

"아닙니다!"

"그럼 닥치고 총이나 쏴!"

"예!"

이젠 애초의 목적까지 잊은 채 총을 난사하던 양측 조직원들 사이엔 어느새 전우애와 함께 적에 대한 증오가 싹텄다.

핑핑핑핑!

서걱!

"크아아악! 내 옆구리!"

"마틴! 마틴! 이런 개새끼들! 감히 내 동료를 쏘았겠다?!"

"사, 살려줘!"

사방에서 총알이 빗발치니 다치는 것은 당연한 일.

엄폐물도 없이 서로 총질을 해대는 상황에서 목숨을 잃지 않은 것만 해도 다행한 일이다.

하지만 이미 목적을 잃어버린 싸움에 그런 것은 전혀 생각나지 않는 듯했다.

그들은 그저 서로에게 총구를 겨눈 채 미친 듯이 난사해 댈 뿐이다.

"죽어라!"

그렇게 시간이 흘러 약 20분 후 폐창고에 남은 사람은 총 20명 남짓이었다.

이제 남은 탄약도 없어서 그들은 총을 버리고 나이프와 회칼을 들고 서로에게 달려들었다.

"죽어라!"

서걱!

"크허윽!"

"배에 구멍을 내어 시신을 찾을 수도 없도록 만들어주마!"

퍽퍽퍽퍽!

핏물로 물들어버린 의복에 쑤셔 박힌 칼을 타고 점점 숨이 빠져나온다.

"으허어억……."

"죽어!"

서걱서걱!

20명 남짓한 사내가 뒤엉켜 싸우는 모습은 마치 혈옥의 한 부분을 보는 것 같았다.

피로 이뤄진 지옥인 혈옥은 끝도 없는 싸움만이 계속되는 끔찍한 곳이다.

이곳에선 몸이 만신창이가 되어도 죽을 수 없으며 몸이 치료되거나 재생되는 법이 없다.

한마디로 혈옥에선 몸이 걸레가 되도록 싸우다 어느 한쪽이 패배하면 세포 하나하나까지 잘근잘근 썰려 영원한 고통을 맛보게 되는 것이다.

이들은 혈옥의 한 장면을 그대로 재현하기라도 하겠다는 듯이 서로를 찔러댔다.

푹푹푹푹!

"으윽! 내 다리!"

"이번에는 모가지를 꿰뚫어주마!"

"으아아아악! 그렇게는 안 될 것이다!"

그렇게 약 5분가량을 싸우고 난 후, 드디어 승자가 결정되었다.

승자는 쿠오시드의 중간보스와 그의 부하 두 명이었다.

"허억허억!"

"보, 보스, 괜찮으십니까?"

"그럭저럭 숨은 붙어 있는 것 같다."

그제야 정신을 차린 세 사람은 과연 무슨 일이 일어난 것인지 주변을 둘러보았다.

"어, 어어……?!"

"그 많은 인원 중 우리만 남은 것인가?"

"아무래도……."

총에 맞아 죽거나 흉기에 찢겨 죽은 시체들이 온전할 리는 없고, 그들이 만든 현장은 차마 눈을 뜨고 볼 수 없을 만큼 참혹했다.

피와 살점, 내장과 뇌수가 서로 뒤엉켜 검붉은 계곡을 만들어냈고, 몸에서 떨어져 나온 팔다리와 내장 조각이 아무렇지도 않게 사방에 널려 있었다.

아마 무간지옥이 있다면 이런 모습이 아닐까 하고 생각이

들 정도였다.

"…지독하군."

"어찌 되었든 우리가 이겼다. 이제 이 창고를 접수해서 쿠오시드의 명예를 회복하자."

"예, 알겠습니다."

지금 이들의 머릿속에는 조직의 명예 외에는 아무것도 남아 있지 않았다.

*　　　　*　　　　*

빌리의 창고 습격 사건으로 인해 벌어진 중간보스들의 싸움에 이제는 수뇌부까지 가세하기 시작했다.

장원의 수뇌부 중 한 명인 팽현명이 조직원 500명을 이끌고 미국 애리조나의 한 모텔로 향했다.

이곳 모텔은 겉으로는 5층으로 이뤄진 단순한 숙박 시설로 보이지만 사실은 쿠오시드의 조직원들이 마약을 거래하고 그 마약을 가지고 매춘을 벌이는 곳이다.

그리고 마약과 매춘을 일삼으며 돈을 벌어들인 쿠오시드의 조직원들은 이곳에서 수백억 대의 도박을 벌였다. 그 현장에는 일반인들도 참여했다.

그 때문에 이곳은 마약과 매춘을 마음대로 벌일 수 있는 불법 도박장으로 변모해 있었다.

아는 사람만 아는 도박장이지만 이곳에서 하루에 오가는 돈만 무려 한화로 수백억에 이를 정도이다.

그것도 도박으로만 움직이는 돈이 수백억에 이르니 마약과 매춘으로 벌어들이는 돈까지 합한다면 상상을 초월한다.

인간의 욕구를 죄다 표출할 수 있는 이곳은 쿠오시드의 중요 수입원 중 하나였다.

팽현명은 빼앗긴 물류창고에 대한 복수의 일환으로 이곳을 피바다로 만들어 버리기로 했다.

"우리의 밥통을 건드리면 어떻게 되는 것인지 뼈저리게 느끼게 해주지."

팽현명은 우선 네 명의 조직원을 지하에 있는 전기배선실로 내려 보내 이곳을 온통 암흑천지로 만들 생각이다.

그리고 100명의 조직원을 건물 밖에 대기시켜 도망 나오는 쿠오시드의 조직원들을 하나도 남김없이 죽이도록 했다.

팽현명은 이곳에 불을 질러 모조리 통구이로 만들고 싶었지만 그렇게 했다간 미국 소방당국이 출동할 수도 있으니 최대한 은밀히 사람을 죽이기로 했다.

그는 비상구를 따라 400명의 조직원을 일렬로 늘어뜨려 놓았다.

그리고 무전기를 들고 부하들이 작전에 성공하기만을 기

다렸다.

부하들이 전기를 끊는 순간 비상구에 숨어 있던 조직원들을 일제히 안으로 보내 건물에 있는 사람들을 모조리 도륙할 계획이다.

이윽고 무전이 왔다.

─보스, 작업 다 끝냈습니다.

"좋아. 내가 셋을 세면 전원을 내리고 불이 꺼지면 일제히 돌입한다."

─예, 보스.

그는 무전기에 대고 셋을 셌다.

"하나, 둘, 셋!"

철컹!

5층 건물은 단번에 암흑천지로 변해 버렸고, 장원의 조직원들은 일제히 건물 안으로 돌입했다.

"소리치지 마라. 최대한 조용히 죽여."

"예!"

각자 한 층씩 맡은 조직원들은 미리 정해진 순서대로 방으로 쳐들어가 도박을 벌이고 있는 사람들을 모조리 찔러 죽였다.

푸욱푸욱!

"크헉!"

"이, 이 새끼들, 뭐야?!"

"뭐긴, 네놈들을 죽이러 온 저승사자다! 죽어라!"

서걱!

"크허어억!"

불시에 습격을 당한 쿠오시드의 조직원들은 단 한 번의 반항도 못하고 그 자리에서 죽어나갔다.

쿠오시드 역시 이곳에서 총소리가 들리면 경찰들이 몰려올 것임을 너무나도 잘 알고 있기 때문에 총을 소지한 사람은 한 명도 없었다.

덕분에 장원의 노련한 칼잡이들은 쿠오시드의 조직원들을 가차 없이 도륙 낼 수 있었다.

푸욱푸욱!

"으, 으악! 으아아아아악!"

"꺄아아아아악!"

이곳에는 쿠오시드의 조직원을 제외하고도 엄청난 인원이 모여 도박을 벌이고 있었기 때문에 죽어나가는 소리가 컸다.

하지만 워낙 방음 시설 잘되어 있어 건물 밖으로 소리가 새어 나갈 틈이 없었다.

장원의 조직원들은 불과 20분 만에 건물 내에 있던 사람들을 정리하고 입고 온 우의를 벗어던지며 건물을 나섰다.

─1층 완료입니다.

"좋아. 다른 층은?"

─모두 밖으로 빠져나왔습니다.

"수고들 많았다. 즉시 이곳에 불을 지르고 현장을 빠져나 간다."

─예, 알겠습니다.

이들은 이곳에 얼마나 많은 현금과 마약이 들어 있는지 알지 못했기에 그냥 이대로 모든 것을 불태워 버리고 떠나기로 했다.

현금과 마약을 차지하는 것도 좋지만 최대한 인터폴의 감시를 받지 않는 선에서 일을 마무리하는 것이 좋았기 때문이다.

5층에서부터 차례대로 휘발유를 뿌리면서 내려온 장원의 조직원들은 건물의 전방 50미터까지 꼼꼼히 기름을 뿌렸다.

치익, 화르르륵!

승합차에 오른 팽현명은 차량의 창문을 살짝 내리고 불씨를 집어 던졌다.

그러자 건물에 엄청난 속도로 불이 번지기 시작했다.

쿠오오오오오오!

건물 전체로 번져간 불길은 괴수의 울음소리를 내며 순식간에 건물을 태워 나갔다.

팽현명은 그 모습을 잠시 지켜본 후 이내 자취를 감추었다.

　　　　　　　*　　　*　　　*

　　애리조나에 위치한 5층 건물 '파라다이스'의 화재 현장에
수많은 소방차와 구급차들이 줄을 지어 서 있었다.

　　이곳은 화재 5분 만에 소방차가 도착했지만 이미 건물은
완전 연소가 되어버린 후였다.

　　때문에 인명 구조는 꿈도 꿀 수 없었을 뿐만 아니라 화재
또한 진압하기가 상당히 까다로웠다.

　　결국 건물은 모두 불탔고 시신은 흔적도 찾을 수 없을 정도
로 심각하게 훼손되었다.

　　또한 건물 주변 50미터 전방까지 모두 불에 타버렸기 때문
에 화재 원인 조사에 난항을 겪을 수밖에 없었다.

　　지금까지 밝혀진 것은 휘발성 물질로 인한 화재라는 것뿐
이다.

　　모텔 파라다이스 앞에 선 한 중년인과 두 명의 청년은 아주
심각한 표정으로 화재 현장을 바라봤다.

　　"…도대체 지금과 같은 상황이 왜 벌어지고 있는 것인가?"

　　한 청년이 난감해하는 표정으로 답했다.

　　"먼저 싸움을 걸어온 쪽을 찾을 수가 없습니다. 도대체 어
디서부터 어떻게 꼬인 것인지 알 도리가 없습니다."

"말도 안 되는 일이군. 미치지 않고서야 이런 일이 발생할 수가 있나?"

"죄송합니다. 빠른 시일 내에 찾아내도록 하겠습니다."

중년인은 중남미 폭력 조직인 쿠오시드의 보스인 마르셴 쿠오시드다.

그는 지금 쿠오시드의 중요 사업장인 파라다이스 화재 현장을 찾아와 사건에 대한 진상을 밝히고자 했다.

하지만 경찰은 물론이고 노련한 히트맨들조차 이 사건에 대해 아무것도 밝혀내지 못했다.

쿠오시드는 중남미는 물론이고 아메리카 대륙 전반에 걸쳐 크고 작은 점조직으로 이뤄져 있다.

그렇기 때문에 산타페가 아닌 타 지방에서 일어나는 일까지 하나하나 관리할 수가 없는 실정이다.

만약 산타페 지방에 한해 지금과 같은 사건이 터졌다면 충분히 사건을 수습하고 책임자를 찾아 엄벌에 처했을 것이다.

하지만 자세한 정황도 모르는 지금의 사건 같은 경우엔 얘기가 달랐다.

잘못해서 중간보스들을 함부로 건드렸다가 반란이라도 일어나는 날에는 돌이킬 수 없는 사태가 벌어질 것이기 때문이다.

아무리 쿠오시드라는 조직에 충성을 다하는 이들이라고 해도 자존심 하나로 먹고사는 마피아에게 명분도 없는 처벌은 악으로 작용할 수 있었다.

"머리가 아프군."

길거리 가장자리에 있는 벤치로 다가가 앉은 마르센이 부하들에게 물었다.

"다른 곳의 상황은 어떤가?"

"우리 업장은 총 45군데가 털렸고 적으로 간주되는 장원의 주요 시설은 무려 100곳이나 털렸다고 합니다."

그는 이마를 짚었다.

"미쳤군. 이러다가 조직이 거덜 나겠어."

"뭔가 조치를 취해야 할 때가 온 것 같습니다. 도대체 왜 이런 일이 일어나는지를 알아야 할 것 아닙니까?"

"그건 그렇지."

두 명의 청년 중 한 명이 그에게 사진을 한 장 건넸다.

"우선 이 사람을 불러서 진상에 대해 들어보시지요."

"빌리? 이놈은 빌리가 아닌가?"

"맞습니다. 산타페 지역 마약운반책을 총괄하고 있습니다. 듣자 하니 그가 중간보스들을 선동하고 다닌답니다. 자세한 것은 밝혀진 바가 없지만 아마도 그가 이번 사건에 깊게 관련되어 있지 않나 싶습니다."

"알겠네. 지금 당장 놈을 이곳으로 부르게."

"예, 보스."

그들은 빌리에게 전화를 걸었다.

2장

뒤집어지다

중국 화이난의 뒷골목.

이곳은 정육점을 비롯해 수많은 점포가 밀집해 있는 시장이다.

규모는 제법 크지만 대형마트의 입점으로 인하여 이곳 점포들은 꽤 많이 죽어버린 상태였다.

하지만 아직도 사람들의 발길은 제법 끊이지 않았다.

그런 점포들 사이를 비집고 골목 깊숙한 곳으로 들어선 화수는 창부들의 끈적끈적한 손짓을 헤치며 목적지로 향했다.

자칫 잘못하면 길을 잃어버릴 것 같은 골목길을 이리저리 돌아다니던 화수는 이내 다 쓰러져 가는 임시 가옥 앞에 섰다.

"이곳인가 보군요."

"네, 그런 것 같군요."

화수의 곁에 선 레이는 이곳까지 오는 동안 흥분을 감추지 못했다.

기자 정신에 입각한 특종 본능이 몸속 깊은 곳에서부터 꿈틀거렸다.

레이는 화수보다 먼저 안마시술소 앞에 도착해 두꺼운 철문을 두드렸다.

쿵쿵쿵!

"계십니까?!"

이제 막 정오를 지난 시각인데 이런 안마시술소에서 과연 반응을 보일지 의문이다.

벌건 대낮에 안마시술소를 찾아온 사람이라면 단속반이 대부분이기 때문이다.

하지만 이곳의 주인은 조금 다른 모양이다.

두꺼운 철문이 천천히 열리더니 한 여성이 고개를 쑤욱 내밀었다.

"누구세요?"

"장마량 씨가 보내서 왔습니다만……."

그녀는 고개를 갸웃거리며 화수와 레이를 훑어봤다.

"보아하니 일반인 같은데 마량 씨를 어떻게 아시죠?"

"일반인이긴 한데 조금 특별한 상황에 처해 있어서 말입니다."

"으음, 그래요?"

화수는 설마하니 장마량이 말한 접선책이 여자일 줄은 몰랐다.

'무력으로 제압하긴 어렵겠고……'

장마량을 이 바닥으로 끌어들인 사람이라면 쉽사리 정보를 제공해 주진 않을 것이다.

만약 이 사람이 남자였다면 설득이 안 되면 무력으로 제압하는 방법이 있었을 테지만, 여자라면 도저히 그렇게 할 수가 없다.

아무리 목적이 중요하다고 해도 여자를 험하게 다룰 수는 없기 때문이다.

잠시 생각에 빠져 있던 화수에게 그녀가 문을 열어주며 말했다.

"아무튼 들어오세요. 아직 오픈 전이라서 조금 지저분해요."

곰팡이가 곳곳에 핀 바깥의 모습과는 달리 내부 인테리어는 아주 깔끔했다.

마치 목욕탕과 숙박 시설을 절반씩 섞어놓은 곳 같았다.

다만 일반적인 숙박 시설과 다른 점이 있다면 곳곳에 마사지 오일과 아로마 향초가 놓여 있다는 것이다.

"듣자 하니 장마량 씨의 사부님 같은 분이라고 하던데요."

그녀는 슬그머니 미소를 지었다.

"사부라……. 어감이 나쁘지는 않지만 기분이 썩 좋지는 않군요."

"하지만 그가 저에게 당신을 그렇게 설명했습니다. 자신이 이 바닥에 발을 들인 것은 순전히 당신 때문이라고 말입니다."

"쳇, 하여간 이 세상 사람들은 무슨 일만 일어나면 나를 찾는군."

이윽고 그녀는 화수와 레이에게 담배를 한 개비씩 건넸다.

"마량 씨의 손님이라니 문전박대할 수가 없군요. 한 대 피우시겠어요? 귀한 물건인데."

그녀는 북한에서 판매하고 있는 풍산개를 한 개비씩 건네곤 라이터를 내밀었다.

두 사람은 담배를 받는 동시에 그녀에게 물었다.

"지금 장마량 씨가 쫓기고 있는 몸이라는 것은 아십니까?"

"누가요? 그 사람이 경찰에 쫓기고 있다고요?"

"그럴 만한 사정이 있었습니다."

그러자 그녀는 허탈한 듯이 웃었다.

"참, 기구한 운명이네요. 어려서부터 그렇게 고생했다고 하더니 그 굴레를 벗어날 수 없는 모양이에요."

아마도 그녀는 장마량의 과거에 대해 아주 잘 알고 있는 모양이다.

"뭐, 아무튼 무슨 일로 나를 찾아왔나요? 그 사람 성격에 나더러 자신을 도와달라고 말할 리는 없고요."

"도움은 우리가 필요해서 그에게 부탁한 겁니다. 당신을 소개시켜 달라고요."

"나를요? 내가 당신들에게 무슨 도움을 줄 수 있죠?"

레이는 아주 나지막이 입을 열었다.

"진실입니다."

"진실? 어떤 것에 대한 진실 말인가요?"

"장원이라는 조직에 대해서 말입니다. 그리고 그 수장에 대한 것도요."

그녀의 눈이 가늘어졌다.

"장원이요? 지금 당신이 무슨 소리를 하고 있는지 알고 있는 건가요?"

"물론입니다. 나는 기자입니다. 진실을 파헤칠 의무를 가지고 있지요."

레이는 장원 때문에 가족을 잃었다.

그런 그가 장원이라는 조직에 가지고 있을 반감은 이루 말할 수 없었다.

그의 악감정은 이제 복수라는 칼날이 되어 적을 찾아다니기에 이르렀다.

그녀는 고개를 가로저었다.

"그렇다면 번지수를 잘못 찾아왔네요. 난 그들에 대한 정보를 내어줄 수 없어요. 나 역시 그들에게 속박당한 몸이에요."

"그 속박에서 내가 당신을 꺼내줄 수 있다면요?"

"후후, 그게 가능하다면 나와 같은 사람이 왜 생겨나겠어요."

"가능합니다."

레이는 아주 결연한 표정으로 말했다.

"가능해요. 내가 그녀를 압박해서 조직을 와해시킬 수 있는 방법을 알고 있습니다."

"그녀가 가진 인맥이 얼마나 대단한 줄 알고 그런 소리를 하세요?"

"자신 있습니다. 확신하지요. 만약 내가 실패한다면 나를 죽이세요."

지금 그는 저널리스트로서, 그리고 한 사람의 아들로서 자신의 모든 것을 걸었다.

화수는 처음 그가 보여준 모습에 그저 특종에 목숨을 건 기자라고 생각했다.

하지만 그는 특종에 목숨을 건 기자임과 동시에 복수에 눈이 멀어버린 남자였다.

'어리석군.'

화수는 그의 이런 행동이 말도 안 된다고 속으로 비판하는 동시에 그에게서 일말의 연민을 느꼈다.

"나도 목숨을 걸지요."

"강 사장님?"

"어차피 일이 이렇게 된 김에 나도 끝을 봐야겠습니다. 쿠오시드라는 조직과의 전쟁이 끝나면 나에게도 화살이 돌아올 터, 나도 주사위를 던져봐야지요."

두 사람을 가만히 바라보던 그녀가 이내 사진 한 장을 건넸다.

그 뒷면에는 중국 사천에 위치한 연립주택의 주소가 적혀 있었다.

"좋아요. 대신 조건이 있어요. 먼저 이 사람을 구해온다면 내가 당신들이 원하는 것을 주지요."

그녀가 건넨 사진에는 한 소녀가 있었다.

이제 14세에서 16세 정도 되었을 법한 아주 작고 단아한 얼굴의 미소녀였다.

"누구입니까?"

"내가 속박되어 있는 이유지요."

장마량과 그녀의 관계는 화수가 생각한 것보다 조금 더 깊은 것 같았지만 무작정 신뢰하긴 힘들다고 생각했다.

그런 가운데 그녀가 자신이 속박된 이유를 제거해 달라고 말한다면 이 인물을 찾아오는 것이 쉽지는 않을 것이다.

"좋습니다. 그런 이유라면 기꺼이 조건을 받아들이지요."

"기한은 삼 일입니다. 그 안에 이 아이를 구해온다면 당신들에게 몸을 의탁하겠어요."

"두말하면 곤란합니다."

"물론."

그리고 그녀는 화수에게 약도를 한 장 건넸다.

"그녀를 확보하게 되면 이곳으로 데리고 오세요. 아마 중국 횡단열차를 타면 종착역에서 헬기를 탈 수 있을 거예요. 그 헬기를 타고 오시면 돼요."

화수는 고개를 갸웃거렸다.

"라싸면 티베트의 수도 아닙니까?"

"맞아요. 그곳에 내 세이프 하우스가 있거든요."

"…납치보다 그곳까지 가는 길이 훨씬 더 험난하겠군요."

"일이 쉬울 것이라고 말한 적은 없어요. 반드시 삼 일 안에 그녀를 확보해서 기차를 타야 합니다. 그렇지 않으면 내가 당신들을 죽일 거예요."

"알겠습니다."

"그럼 삼 일 후 중국 횡단열차에서 뵙지요."

"그러시죠."

화수는 사진 속에 있는 소녀를 찾기 위해 사천성으로 향했다.

＊　　　＊　　　＊

중국 사천성의 한적한 변두리 시골 마을.

이곳의 건물은 대부분이 60~70년쯤 된 벽돌집이다.

하지만 곳곳에 40년 전에 지은 연립주택이 위치해 있어 사람들은 이것을 두고 신식 건물이라 불렀다.

마치 2차 세계대전 당시의 모습을 보는 듯한 마을의 풍경을 감안한다면 그나마 최신식 건물이지만 그마저도 상당히 낙후되어 있었다.

아마 이곳의 벽을 덤프트럭이 달려와 들이받는다면 산산조각 날 것 같았다.

화수는 약도에 나와 있는 주소를 몇 번이나 확인했다.

"진짜 여기서 사람이 살 수가 있는 걸까요?"

레이는 고개를 가로저었다.

"그러게 말입니다. 제가 아무리 수많은 빈민가를 보아왔지만 미국에도 이런 곳은 없습니다."

가뜩이나 날씨도 쌀쌀해서 마을은 을씨년스러운 느낌마저 풍기고 있었다.

화수는 연립주택 계단을 타고 5층으로 향했다.

약도에 의하면 그녀가 머물고 있는 곳은 5층 끝이었다.

"이제 조금만 더 올라가면 됩니다."

이윽고 목적지인 506호에 당도한 화수는 초인종을 눌렀다.

딩동!

초인종은 전자식이 아닌 아날로그 방식으로 되어 있어서 그나마 그 생명을 유지하고 있는 모양이다.

벨의 중앙 부분에는 날벌레들의 사체와 곰팡이가 뒤엉켜 있어 공포영화에 나오는 흉물스러운 괴물 손잡이를 연상케 했다.

아마도 아주 오래도록 이곳의 초인종을 누른 사람이 없었 던 것 같다.

이런 곳에 전자식 초인종을 설치했다면 분명 고장 났거나 방전되었을 것이다.

딩동딩동!

한 번 눌러서 대답이 없자 화수는 계속해서 초인종을 눌렀 다.

"계십니까?!"

하지만 그래도 여전히 대답이 없다.

"집에 없는 게 아닐까요?"

레이는 철조망이 쳐져 있는 창문을 들여다보았다.

창문틀에는 거미줄과 함께 케케묵은 먼지가 두껍게 자리 잡고 있었다.

손으로 거미줄을 살짝 건드려 본 레이는 고개를 가로저었다.

"아무래도 사람이 살지 않은 지 20년은 족히 된 것 같습니다. 이런 집에 사람이 살 리가 없어요."

"으음."

화수는 어째서 그녀가 자신들을 이곳으로 보냈을까 하는 의문이 들었다.

"우리를 조직에 해를 가할 적으로 생각한 것일까요?"

"뭐, 그럴 수도 있지요. 그녀의 성격으로 미뤄본다면 충분히 그러고도 남습니다."

화수가 생각하기에도 그녀는 그와 레이를 살살 구워삶아 죽이고도 남을 사람 같았다.

두 사람이 골똘히 생각에 잠겨 있는데 한 노파가 바로 옆집으로 들어갔다.

끼이익.

레이는 즉시 노파를 붙잡았다.

"저기, 어르신."

"으음? 무슨 일인가? 나를 불렀나?"

"예, 어르신. 말씀 좀 여쭈려고요."

"물어보게. 내가 대답해 줄 수 있는 것이라면 알려주도록 하지."

"혹시 바로 옆집에 사람이 살고 있다는 소리를 들어보신 적 있습니까?"

노파는 고개를 끄덕였다.

"그럼, 사람이 살고 있지."

"사람이 살고 있어요? 마지막으로 집주인을 본 것이 언제입니까?"

"한 2년쯤 되었던가?"

"그, 그렇게나 오래전에 보고 한 번도 본 적이 없으십니까?"

"재작년에 내 자식들이 찾아오고 나서 나 역시 왕래가 없었어. 그동안 저 집에 있는 소녀 역시 왕래가 없었지. 아무래도 찾아오는 사람이 없다 보니 집에서 조용히 은거하고 있는 모양이야."

화수는 고개를 갸웃거렸다.

"2년 동안 사람이 밖으로 나오지 않았다는 것을 어떻게 아십니까? 어르신께서 주무시는 동안 밖으로 나올 수도 있잖습니까?"

노파는 고개를 가로저었다.

"이 건물은 방음 시설이 아예 안 되어 있어. 건물이 워낙 노후해 다섯 층 위에 있는 집에서 똥 싸는 소리까지 다 들릴 정도라고. 그런데 바로 옆집에서 사람이 들락거리는데 그걸 못 들을까 봐?"

"으음."

"어쩌면 저기서 백골이 되어버렸을 수도 있겠어."

"배, 백골이요?"

"이 동네에선 사람이 죽어서 백골로 발견되는 경우가 종종 있어. 대부분이 독거노인이거나 외톨이이기 때문이지. 그렇다고 주민들끼리 친하게 지내는 것도 아니니 사람이 죽어도 전혀 눈치채지 못하는 것이지."

화수는 문득 이 동네야말로 진짜 귀신이 사는 곳일지도 모른다는 생각을 해보았다.

세대 간 단절이 점점 심해지는 요즘이지만 이웃사촌이 죽어도 모른다니 그 심각성이 대단하다고 느꼈다.

"아무튼 말씀 감사합니다."

"별말씀을."

노파는 다시 집으로 들어가 버렸고, 화수와 레이는 그녀의 집 앞에 섰다.

굳게 닫혀 있는 철문을 뚫고 들어갈 수는 없는 노릇이니 다른 방법을 강구해야 했다.

"뭔가 좋은 방법이 없을까요?"

"으음."

이 집에 그녀가 살고 있지 않아도 최소한 생사는 확인해야 다음 행동을 결정할 수 있었다.

한참을 가만히 철문을 바라보던 화수가 이내 결심했다는 듯이 말했다.

"사람이 집 안에 침입하면 불법 침입이지요?"

"그렇지요."

"만약 드론이 침입하면요?"

"그건……."

"불법 사찰 정도 될까요?"

"뭐, 그렇겠지요? 하지만 그건 갑자기 왜 물으십니까?"

요즘 드론에 대한 우려의 목소리가 커지고 있다.

사람의 손을 직접 타지 않고 무인으로 움직임이 가능한 드론을 만약 민간인 사찰이나 군사 용도로 사용하게 되면 엄청난 일이 벌어지기 때문이다.

이렇듯 사생활 침해나 국가 안보에 영향을 미치는 드론이지만 아직 관련 법규가 명확하게 정해지지 않아 여러 국가에서 문제가 되고 있었다.

하지만 화수의 경우엔 어차피 법 자체를 어겨야 거래 조건을 성사시킬 수 있으니 그런 것을 따질 필요가 없었다.

"그냥 한번 물어본 겁니다."

그는 주머니에 넣어두었던 초소형 마도병기를 꺼내 들었다.

화수는 노란색 캡슐 안에 들어 있는 모기 양철 인형에 마나를 주입했다.

우우우웅.

그러자 초소형 양철 인형이 마나에 반응하며 화수와 시야를 공유했다.

지이잉.

비록 모양은 모기처럼 만들었지만 그 시야의 정확도는 오히려 사람의 눈보다 나을 정도이다.

화수는 모기를 조종해서 집 안에 정말로 사람이 있는지 확인해 보았다.

레이는 그 모습을 바라보며 고개를 갸웃거렸다.

"그 작은 것이 진짜 드론이란 말입니까?"

"네, 그렇습니다. 하지만 이것을 조종하자면 엄청난 집중력이 필요합니다. 그러니 잠시만 말을 걸지 말아주십시오."

"알겠습니다."

우유 투입구 안으로 들어간 모기 양철 인형은 가장 먼저 먼지가 자욱하게 가라앉은 신발장과 마주했다.

신발장에는 도대체 얼마나 오랫동안 세탁을 하지 않은 것인지 모를 정도로 상태가 흉측한 운동화들이 아무렇게나 놓여 있었다.

화수는 그 광경을 바라보며 눈살을 찌푸렸다.

"으윽! 얼마나 신발을 빨지 않았으면 초록색 곰팡이가 피어 있군요."

"그래도 사람이 살긴 살았던 모양이군요."

"그러게 말입니다."

신발장을 지나 모기는 이제 각종 인스턴트식품의 포장지가 널브러져 있는 거실로 향했다.

거실에는 인스턴트식품의 포장지와 함께 먹다 남은 음식물쓰레기가 한곳에 쌓여 있었다.

곰팡이가 핀 것은 물론이고 쓰레기 중심에서는 보글보글 기포가 올라왔다.

이것은 저 쓰레기가 적어도 4개월은 족히 지났다는 것을 반증하고 있는 것이다.

"…더러워서 못 봐주겠군."

그다지 깔끔한 성격이 아닌 화수임에도 불구하고 저절로 헛구역질이 나올 정도로 집 안은 더럽기 그지없었다.

이 끔찍한 광경을 지나치자 굳게 닫혀 있는 방문과 그 옆에

문이 빠끔히 열린 화장실이 보였다.

화장실은 그나마 깨끗한 편이었는데 원래 욕조로 사용했을 것으로 예상되는 곳에는 폐휴지를 가득 채운 쓰레기봉지가 겹겹이 쌓여 있었다.

화수는 도대체 이 집 주인이 어떤 사람인지 그 얼굴이 궁금해졌다.

"우욱! 도저히 못 보겠군."

가까스로 참아내곤 있지만 앞으로 조금만 더 시야를 공유했다간 토사물이 쏟아져 내릴 지경이다.

하지만 사람의 흔적을 찾아내자면 여기서 멈출 수는 없었다.

화수는 다시 한 번 정신력을 집중했다.

위이이잉.

모기는 굳게 닫혀 있는 문을 이리저리 맴돌다가 이내 작은 틈바구니를 찾아냈다.

문지방이 조금 닳아 있어서 그 아래로 들어가면 충분히 방 안으로 들어갈 수 있을 것으로 보였다.

"후우, 이제 곧 사람이 있는지 없는지 알아낼 수 있을 것 같습니다."

"다행이군요."

화수는 거래 조건이 아니더라도 만약 이곳에 사람이 산다면 기필코 꺼내야 한다고 생각했다.

이곳은 인간이 있을 곳이 못 된다고 느낀 것이다.

이윽고 모기는 방 안으로 들어가 그 안의 풍경을 화수에게로 전달했다.

그런데 방 안의 풍경은 화수가 상상한 것보다 훨씬 깨끗했다.

방에는 장롱 하나와 TV, 스탠드, 컴퓨터 책상과 잘 정리된 침대가 놓여 있었고, TV의 맞은편에는 순백색 면으로 된 소파까지 자리 잡고 있었다.

화수는 그제야 이 방에 사람이 사는 것이라고 확신할 수 있게 되었다.

"이 집에는 사람이 살고 있어요. 확실합니다."

"그래요?"

"사람이 안 산다면 저렇게 정갈하게 집이 치워져 있을 리 없지요. 아마도 밖에 쓰레기를 쌓아둔 것은 방 안에서 저 모든 것을 해결할 방법이 없었기 때문으로 보입니다."

"하긴, 2년 동안 밖에 나오지 않았을 정도면 그 풍경이 보기 좋을 리가 없지요."

이제 화수는 방 안 어디쯤 그녀가 위치해 있는지 알아보기로 했다.

모기를 움직여 방 안을 살펴보던 화수는 침대의 한가운데가 봉긋하게 솟아올라 있음을 알 수 있었다.

아마도 그녀는 침대에 파묻혀 잠을 청하고 있는 모양이었다.

화수는 반사적으로 손목시계를 바라보았다.

오후 2시 30분.

"늦잠을 즐기는 모양입니다. 아직도 자고 있네요."

"꽤나 게으른 소녀군요."

그는 모기 양철 인형으로 그녀의 잠을 깨우기로 했다.

모기 안에는 아주 작은 마나코어가 심어져 있어 약 한 시간 정도 움직일 수 있었다.

그리고 그 나머지 에너지는 모기 양철 인형을 만든 애초의 목적대로 사람에게 해를 가할 전기 충격을 위해 몸통 부분에 저장해 두었다.

화수는 전기 충격의 강도를 백분의 일로 줄여서 그녀의 목덜미를 자극했다.

치지직!

팟!

―어, 어흑!

그녀가 짧은 비명을 내지르며 잠에서 깨어났다.

그러자 화수는 곧장 현관문을 두드렸다.

쿵쿵쿵!

"계십니까?! 거기 누구 없어요?!"

그럼에도 불구하고 그녀는 별 관심이 없다는 듯 다시 잠을 청했다.

아마도 그녀는 누군가 자신을 찾아오는 것을 전혀 신경 쓰지 않는 모양이었다.

만약 일말의 인간관계라도 형성한 사람이라면 절대로 이런 행동을 하지 않을 것이다.

하지만 이 동네의 분위기로 미뤄볼 땐 충분히 이해할 수 있는 행동이긴 했다.

"하긴, 나 같아도 문을 열어줄 것 같진 않군."

살인자들이 떼를 지어 살아도 이상하지 않을 것 같은 이 마을에서 쉽게 문을 열어줄 수는 없을 것이다.

화수는 그녀에게 심부름을 시킨 사람의 이름을 댔다.

"명주신 씨께서 보내서 왔습니다! 문을 열어주시지요!"

그제야 그녀는 침대에서 일어나 머리를 만지작거리며 생각에 빠지는 모양새다.

아마 명주신의 이름이 아니었다면 애초에 일어날 생각도 없었을 것이다.

잠시 후 그녀가 현관문을 향해 걸어왔다.

—으윽.

아마도 자신 역시 이 냄새를 지독하게 싫어하는 것이 분명했다.

화수는 도대체 왜 저 소녀가 이런 작은 방 안에 자신을 가
둔 것인지 궁금해졌다.

이윽고 그녀가 화수에게 말을 걸어왔다.

"누구시라고요?"

"명주신 씨가 보냈습니다!"

"확실한가요? 그 여자가 당신들을 보낸 것이 확실해요?"

그는 고개를 끄덕였다.

"맞습니다. 그녀가 보냈어요."

잠시 후, 문이 벌컥 열렸다.

철컹!

화수는 반가운 마음에 그녀에게 손을 흔들어 보였다.

"반갑습니다. 저는 강화수라고……."

하지만 그는 이내 곧장 몸을 옆으로 피할 수밖에 없었다.

"이거나 먹어라!"

촤락!

"으아아아악!"

화수는 그녀가 자신에게 오물을 투척하려 한다는 것을 모
기를 통해 이미 알고 있었기 때문에 몸을 피할 수 있었지만
레이는 그렇지 못했다.

그 탓에 화수 대신 오물을 뒤집어쓴 그는 마른하늘에 날벼

락을 맞은 사람처럼 이리저리 뛰어다니며 소리를 질러댔다.

"으악! 으아아아악!"

소녀는 그 모습을 바라보며 연신 웃음을 터뜨렸다.

"큭큭, 큭큭큭!"

화수는 레이에게 오물을 던진 그녀의 팔목을 붙잡았다.

"이봐요! 우리는 당신을 구출해 오라는 명령을 받고 온 사람들입니다! 악의를 갖고 찾아온 것이 아니란 말입니다!"

그러자 그녀는 화수에게 눈을 흘겼다.

"이런 미친놈들! 명주신은 이빨이 다 빠진 호랑이인데 무슨 말 같지도 않은 소리를 하고 자빠졌어?! 오호라, 나를 암살하러 온 놈들이구나?!"

"뭐, 뭐가 어째?"

바로 그때였다.

오물을 뒤집어쓴 채 괴로워하던 레이가 연립주택 1층으로 시선을 돌렸다.

뚜벅뚜벅!

"어, 어라? 웬 사람들이……?"

아무리 눈치가 없는 사람이라도 저들이 화수와 레이를 붙잡기 위해 달려오는 사람들이라는 사실쯤은 단박에 알 수 있었다.

화수는 곧장 고개를 돌려 그녀를 바라보았다.

"이, 이건 도대체……."

그러자 그녀는 아무렇지도 않다는 듯이 어깨를 으쓱거렸다.

"봐요, 내가 뭐라고 했어요? 나를 가둔 사람이 그녀라고 했죠? 이제 죽기 싫으면 어서 도망가세요."

화수는 자신을 향해 달려오는 남자들의 숫자를 손으로 헤아려 보았다.

줄을 지어 달려오는 사람들은 눈짐작으로는 도저히 셀 수 없을 정도로 많았다.

"젠장!"

화수는 레이의 손을 잡아끌었다.

"갑시다!"

"네, 네?! 이러고 가긴 어딜 갑니까?!"

"그럼 여기서 다 죽자는 겁니까?!"

"제기랄!"

화수는 그의 손을 이끌고 가는 동시에 소녀의 손도 함께 낚아챘다.

"어, 어어……?!"

"혼자는 못 가지!"

"이, 이런 미친놈을 보았나?!"

화수는 소녀의 손을 잡아끌어 자신의 겉옷으로 서로를 결

속시켰다.

"지, 지금 뭐 하는 거예요?!"

"뭐 하긴, 너를 구출하려는 것이지!"

화수는 그녀를 등에 업고 레이를 와락 끌어안았다.

그러자 엄청난 악취가 풍겨온다.

"우욱! 저런 쓰레기더미를 안고 뭘 어쩌겠다고요!"

"이런 빌어먹을! 네가 자초한 일 아니냐?! 그나저나 강 사
장님, 진짜 뭘 어쩌려는 겁니까?!"

화수는 슬그머니 미소를 지었다.

"하늘을 날아본 적 있어요?"

"네, 네?!"

이윽고 화수는 전력을 다해 아파트 난간으로 달려나갔다.

타다다다다다닥!

그 모습을 바라보는 두 사람의 얼굴이 경악으로 물들었다.

"어, 어어어어?!"

"꽉 잡아요! 지금 놓치면 다 죽습니다!"

화수가 도움닫기를 하는 동안 검은색 양복을 입은 사내들
이 우르르 달려들었다.

"저런 미친 새끼! 잡아라!"

철컥!

난간으로 떨어져 내리는 화수를 향해 총을 겨눈 그들은 등

에 매달려 있는 소녀를 확인하곤 이내 다시 총을 내렸다.

"젠장! 그분께서 매달려 계시다! 총을 쏠 수는 없어!"

"이런 미친……!"

이윽고 화수는 난간을 밟고 힘껏 도약했다.

팟!

"으, 으아아아악!"

"사람 살려!"

빠른 속도로 하강하던 화수의 몸이 이내 다시 떠오르기 시작했다.

'플라이!'

비행 마법인 플라이는 마법사들이 가장 처음 배우는 마법 중 하나로 처음에는 몸이 공중에 살짝 부양하는 정도의 효과를 발휘한다.

하지만 마법의 오의를 깨닫게 되면 마치 한 마리의 새처럼 하늘을 날아다닐 수 있게 된다.

화수는 전생에 최고의 마도학자였기에 당연히 플라이에 대한 오의를 깨닫고 있었다.

덕분에 아주 적은 마나로도 장기간 체공이 가능했다.

휘이이잉!

그는 지상에서 약 5미터 떨어진 높이에서 비행을 시작했다.

쐐애애애앵!

하지만 고작 5미터로는 눈앞에 보이는 건물을 완전히 뛰어넘을 수 없었다.

"으아아아악!"

"거, 건물! 건물!"

"아, 앞에 건물이 있어요!"

연립주택에서 떨어져 내리고 나자마자 그의 앞에는 2~3층 높이의 연립주택과 전통 가옥들이 줄을 지어 늘어서 있었다.

한마디로 지금 화수는 건물 사이사이를 아슬아슬하게 비행하고 있는 것이다.

화수는 자신의 앞을 막아서는 첫 번째 가정집을 지나 바로 왼쪽으로 선회했다.

그러자 곧바로 또 다른 건물이 나타났다.

"제, 제발! 제발 좀!"

"조용히 하십시오. 잘못하면 다 떨어져 죽어요. 그리고 등에 매달린 너도 좀 그만 발버둥 치고."

"지금 발버둥 안 치게 생겼어요?!"

사람의 몸이 알아서 공중을 부유한다는 것에 놀랄 틈도 없이 활강하며 거리를 내달리는 화수의 모습은 그야말로 서커스에 가까웠다.

그런 그의 뒤를 검은색 양복을 입은 사내들이 바짝 뒤쫓고 있었다.

"잡아라! 놈을 놓치면 우리는 다 죽은 목숨이다!"

그들은 강화플라스틱으로 만든 SUV를 타고 화수를 뒤쫓았다.

강화플라스틱은 노후한 집을 그대로 뚫고 지나갈 정도로 단단하고 출력이 좋았다.

쿠웅! 콰아앙!

화수는 그 자동차가 자신이 개발한 이수자동차의 작품임을 알 수 있었다.

"…젠장! 내가 만든 차가 나를 뒤쫓다니, 아이러니하군."

차를 지나치게 튼튼하고 강인하게 만든 것이 이렇게 날카로운 화살이 될 줄은 꿈에도 몰랐다.

그는 이내 사내들을 따돌리기 위해 다른 방법을 강구했다.

"어쩔 수 없군. 이대로는 잡히고 맙니다."

"그, 그럼……."

"땅속으로 들어갑시다."

"네, 네?!"

이윽고 화수는 자신의 오른팔에 마나를 주입했다.

그러자 손목에 심어져 있던 마나코어가 반응하며 그의 신경 체계를 자극하기 시작했다.

스스스스스!

얼마 전 화수는 뇌에 직접적으로 영향을 미치지 않는 마나 신경 체계를 구축함과 동시에 심장을 도려내지 않는 방법을 고안해 냈다.

그것은 바로 인체의 신경을 몇 구간으로 나누어 그 구간을 마나코어로 잇는 것이다.

그렇게 되면 아주 적은 마나로도 신체 능력을 비약적으로 상승시킬 수가 있게 된다.

한마디로 심장을 도려내지 않고 아주 작은 마나코어만 설치해도 마도병기와 같은 효과를 낼 수 있다는 소리다.

물론 마나를 거두면 곧바로 몸이 원상태로 돌아오기 때문에 마나가 고갈되면 일반인과 다를 바 없어진다는 단점이 있었다.

그러나 이것은 각종 마도학 장비를 만들어내는 데 아주 좋은 기초가 될 것이다.

이윽고 마나 신경 체계를 일시적으로 구축한 화수가 주먹에 마나를 집중시켰다.

우우우우웅!

"꽉 잡으십시오! 땅속으로 들어갈 겁니다!"

"따, 땅으로?!"

화수는 마나로 똘똘 뭉친 주먹을 맨홀이 있는 하수구를 향해 내질렀다.

콰앙!

이윽고, 맨홀이 뚫리면서 화수의 몸이 빠른 속도로 하강하기 시작했다.

쇄에에엥!

"으, 으아아아아악!"

끝을 모르는 지하 수로를 향해 떨어져 내리는 화수를 바라보며 검은색 양복을 입은 청년들은 입을 떡 벌렸다.

"허, 허억?!"

"저, 저런 미친놈을 보았나?!"

망연자실한 그들은 그저 멀어지는 화수를 가만히 바라보고 있을 수밖에 없었다.

3장

버려진 왕국의 후계자

사천성 청두의 한적한 뒷골목.

불교의 수도승 차림을 한 세 사람이 지팡이를 짚은 채 거리를 거닐었다.

베이징에서 출발한 그들의 목적지는 티베트 라싸까지 가는 열차 정류장이다.

그 일행의 중앙에는 화수가, 그 오른쪽에는 레이가 서 있다.

그리고 왼쪽에는 이제 막 일행이 된 소녀, 옥림이 함께했다.

옥림은 자신이 무려 5년 동안이나 갇혀 지낸 연립주택을 빠져나왔다는 것에 대한 안도감에 연신 미소를 짓고 있었다.

하지만 여전히 화수와 레이에 대한 불신은 사그라지지 않았다.

"이제 사천성은 우리 조직원들이 둘러싸고 있어서 함부로 빠져나갈 수 없어요. 기찻길 역시 마찬가지겠지요."

"으음, 그렇다면 다른 방법을 찾아봐야지."

"다른 방법이요?"

"그들은 하늘길엔 약하니까 기차를 따라서 하늘길을 달리는 것이지."

"네, 네?!"

"그러다 안전지대를 발견하면 그때 다시 기차에 안착해서 계속 길을 가는 것이 좋겠어."

화수가 보여준 비행술(?)에 질려 버린 두 사람은 고개를 가로저었다.

"도대체 무슨 도술을 부리는 것인지는 몰라도 이건 좀 아닌 것 같아요. 당신을 따라다니다간 제명대로 못 살겠어요."

"하지만 또 다른 방법이 있나? 이곳을 안전하게 빠져나가자면 저들의 눈을 속이는 것이 가장 중요해. 그런데 하늘 말고는 그런 방법이 있을 리가 없지."

둘의 대화를 가만히 듣고 있던 레이가 다른 방법을 제안했다.

"방법이 아주 없지는 않습니다."

"그게 뭡니까?"

"위장이지요."

"위장?"

"제가 라싸로 가는 기차를 관리하는 철도국에 아는 사람이한 명 있습니다. 말단 직원들을 관리하는 중간 관리이긴 하지만 우리를 짐으로 위장시켜 태우기엔 전혀 무리가 없을 겁니다."

옥림은 그의 제안에 손뼉을 치며 반색했다.

"어머나! 그런 방법이 있었군요! 그게 좋겠어요."

하지만 화수는 연신 떨떠름한 표정을 지었다.

"에이, 아무리 그래도 날아가는 편이 가장 빠를 텐데요?"

"아닙니다. 그녀의 조건에는 기차를 타는 것도 포함되어 있으니 기차를 타는 것이 옳아요."

"맞아요!"

화수는 씁쓸한 기분에 입맛을 다셨다.

"쩝, 그럼 어쩔 수 없지요."

"그, 그럼 이제부터 기차를 타고 이동하는 것이지요?"

"그래, 그렇게 하자고."

"아싸!"

콧노래를 부르며 좋아하는 그녀를 가만히 바라보던 화수는 이내 핸드폰을 꺼내 들었다.

"잠깐, 떠나기 전에 그녀에게 경과를 보고해야지."

"보고?"

"그런 것이 있어. 나중에 자세하게 설명해 주지."

화수는 그녀와 자신의 모습을 담아 촬영 버튼을 눌렀다.

"스마일~"

찰칵!

"됐다."

기쁨에 겨워 이리저리 날뛰는 바람에 옥림의 머리카락은 코에 들어가 있고 눈동자는 짝짝이다.

그리고 입은 반쯤 벌어져 잇몸이 그대로 드러나 있어 마치 정신 나간 여자를 보는 것 같았다.

그녀는 화수가 찍은 사진을 보곤 경악해 소리쳤다.

"어, 어어?! 그게 뭐예요?!"

"큭큭, 이걸 보내면 아주 좋아하겠군."

"아, 안 돼요!"

"내 속을 썩인 벌이다. 그러게 왜 그렇게 발버둥을 쳐?"

"이런 미친 아저씨가?!"

"흥! 그래, 나 미친 아저씨다!"

레이는 마치 어린아이들처럼 싸우는 두 사람을 만류했다.

"그, 그만! 이렇게 대놓고 싸우는 승려들이 어디에 있습니까?!"

"험험, 이 녀석이 자꾸 까불어서……."

"강 사장님은 어른 아닙니까? 조금 참으시죠."

"그, 그건……."

연장자인 레이에게 혼나는 화수를 바라보며 옥림이 혀를 쭈욱 내밀었다.

"메롱!"

그러자 레이는 옥림에게도 버럭 소리쳤다.

"이 녀석! 그래도 연장자인 강 사장님께 뭐 하는 짓이야?! 게다가 너를 구해주신 분께!"

"피이."

이번에는 화수가 눈알을 이리저리 굴리며 혀를 날름거렸다.

"우헤헤헤헤!"

"강 사장님!"

레이의 호통에 화수는 이내 정신을 차렸다.

"험험! 그럼 가시죠."

옥림과 함께 있으면 어쩐지 자신도 어린아이가 되는 것 같다.

세 사람은 사천성에서 기차를 타는 것을 포기하고 베이징
으로 향하기로 했다.

레이의 지인이 출발역인 베이징에서 철도 물류 상하차 직
원 관리로 있기 때문이다.

그러나 사천성의 기차역은 물론이고 온 도로에 장원의 조
직원들이 상주하고 있어 이곳을 빠져나가는 것이 쉽지는 않
았다.

하지만 레이의 수완이 빛을 발하면 그것도 무리는 아니었
다.

그는 자신이 가지고 있던 현금을 모두 털어 베이징으로 향
하는 택배 차량에 짐으로 위장했다.

5톤 차량 짐칸에 탑승한 세 사람은 두꺼운 담요로 몸을 감
싼 채 베이징으로 향하는 중이다.

서로 바짝 붙어 앉아 체온을 나누지 않으면 결코 버틸 수
없는 추위가 온몸으로 엄습해 왔다.

옥림이 오들오들 떨며 물었다.

"으으으! 여기서 위장할 것 같으면 도대체 왜 베이징으로
가는 건데요? 차라리 사천에서 위장하는 편이 낫겠어요!"

레이가 고개를 가로저었다.

"여, 여기서 라싸까지 가는 물류 루트는 거의 없어. 그나마 기차가 빠르고 안전하지. 그곳까지 가는 트럭을 구하기란 하늘의 별 따기야. 그럴 바엔 이곳을 빠져나가서 베이징으로 향하는 편이 나아."

"으으, 아무리 그래도 이건 좀……."

지금 밖의 온도는 영하 20도를 밑돌았다. 거기에 철제로 만든 트럭의 짐칸이 만들어낸 냉기에 세 사람은 극한의 추위를 맛볼 수밖에 없었다.

화수는 엉덩이만 맞대고 앉은 그녀를 자신의 품으로 끌어당겼다.

"왜, 왜 이래요?!"

"얼어 죽는 것보다는 나아. 레이 씨는 저를 뒤에서 안아주시지요."

"예, 예?!"

"당신이 저보다 덩치가 훨씬 더 크니까 안기에 아주 딱 맞을 겁니다."

"아, 알겠습니다."

화수가 옥림을 끌어안고 화수를 레이가 끌어안는 부등식 꼴의 포지션이 완성되었다.

레이는 등에 아무것도 없기 때문에 모포와 박스를 몇 장 더 끼워 넣어 추위를 막아냈다.

이렇게 서로 끌어안고 있으니 추위가 훨씬 덜한 것 같았다.

이제 턱이 서로 부딪칠 정도의 오한은 없어지고 그나마 버틸 만해졌다.

화수는 그녀를 꼭 끌어안은 채 물었다.

"그나저나 너는 왜 그곳에 갇혀 지내고 있었던 거야?"

옥림은 조금 떨떠름한 표정으로 답했다.

"그건 알아서 뭐 하게요?"

"그냥 궁금해서. 아까 그 청년들이 너를 그분이라고 부르는 것도 좀 이상하고 말이야."

"알면 다쳐요. 아저씨가 알기엔 너무나 복잡한 일이야."

화수는 실소를 흘렸다.

"큭큭, 대답하기 싫으면 그만둬. 그녀에게 물어보면 되니까."

"이, 이런……."

이윽고 그녀는 스스로 자신의 처지에 대해 입을 열었다.

"좋아요. 아저씨가 그렇게 궁금하다면 말해줄게요. 원래 장원이라는 곳의 후계자는 나였어요. 그런데 그 연빙옥 그년이 내 자리를 꿰차고 앉은 거죠."

"연빙옥?"

"지금 장원을 다스리고 있는 여자의 이름이에요. 그녀가 장원을 움직여요. 우리가 사재기 같은 더러운 사업에 손을 댄

것도 다 그 여자 때문이죠. 연가 그녀는 원래 나의 사촌이에
요. 그것도 이종사촌이요."

"한마디로 지금 장원은 본가와는 아예 관련도 없는 사람이
좌지우지하고 있는 꼴이군."

"맞아요. 처음에 그년이 우리 조직을 장악할 때 내 친가 어
르신들이 모두 죽어나갔어요. 승계 순위 안에 있는 사람들은
전부 다 죽였죠. 그러다 나 홀로 남았는데 워낙 적통 혈연에
민감한 장원이라서 차마 죽이지 못하고 남겨둔 것이지요. 그
러니까 장원의 수뇌부는 나에게 충성을 다하면서도 어쩔 수
없이 그년을 따르고 있는 것이에요."

"그럼 그 수뇌부들이 너를 찾지 못한 것은?"

"그 연가 년이 나를 가두어두었기 때문이에요. 내가 살던
곳의 아파트에는 총 500명의 조직원이 상주하고 있어요. 그
곳에 있는 주민들도 모두 조직의 정보원이죠."

"으음, 그래서 문밖으로 아예 나갈 수조차 없었던 것이군."

"만약 조직의 수뇌부들이 내 얼굴을 발견하기라도 했다간
사달이 나기 때문이죠."

"그렇군."

"아저씨들이 계약을 맺었다고 한 명주신은 우리 할아버지
의 전속 암살자였어요. 조직에 방해가 되는 사람들을 암살하
고 다니던 여자였죠. 지금은 정보원 노릇을 하고 있지만 당시

에는 조직에서 꽤나 서열이 높은 편이었어요. 하지만 연가 년이 득세하면서 이빨이 다 빠져버렸죠. 수족이 다 잘리긴 했지만 지금도 암살 실력은 여전할걸요?"

"흐음."

그녀의 말을 듣고 나니 사건이 어떻게 돌아가고 있는 것인지 알 수 있을 것 같았다.

하지만 아직까지 풀리지 않는 의문이 있었다.

"그나저나 장원이 사재기를 주도하는 조직이라는 오명은 어떻게 해서 생겨난 거야? 원래는 사재기에 손도 대지 않았다면서."

"연가 그년이 이끌던 황방이라는 조직이 있어요. 그 조직은 지금까지 사재기와 마약 밀매 같은 더러운 일들을 생업으로 삼아왔어요. 그 황방이 장원에 흡수되면서 그 오명까지 장원이 뒤집어쓰게 된 거예요. 아주 오래전부터 이 바닥에서 밥을 빌어먹던 사람이라면 다 아는 사실이에요. 황방이 진짜 사재기꾼이라는 것을요."

화수는 어째서 장마량의 정보와 옥림의 정보가 다른 것인지 이제야 이해할 수 있었다.

장마량은 그저 중간보스에 지나지 않으니 조직의 자세한 사항까진 알 수가 없었던 것이다.

그리고 정보 장사꾼들 역시 세세한 부분까지는 알아낼 수 없으니 당연히 정보가 와전될 수밖에 없었다.

"복잡한 사연을 가진 조직이군."

"할아버지께서 돌아가시면서 후계 구도를 정해놓지 않았기 때문에 벌어진 일이죠. 만약 우리 아버지가 아닌 첫째백부가 조직을 이어받았다면 이런 일은 벌어지지 않았을 거예요. 우리 아버지가 엄마와 결혼해서 황방을 끌어들였고, 그때부터 조직은 쇠퇴의 길을 걸었으니까요."

"안타까운 얘기군."

"그래요. 대부분의 사람이 그렇게 말하더군요. 흑사회의 거두라고 불리던 장원이 이 모양 이 꼴이 되었다고요."

굴러온 돌이 박힌 돌을 뺀 격이니 이것이야말로 황당하기 그지없는 일이었다.

"아무튼 네가 티베트의 안전 가옥으로 가기만 한다면 일이 전부 다 풀리는 건 틀림없겠지?"

"물론이죠. 그곳으로 주신이 수뇌부들을 끌어모은다면 연가 그년은 이제 끝이에요. 수뇌부들은 돈이나 물질에 휘둘리는 약골들이 아니거든요."

그녀만 돌아가게 되면 사재기는 이제 더 이상 진행할 수 없을 테니 철 값은 자연적으로 내려갈 것이다.

게다가 그 주모자에 대한 신상을 공개하여 길을 바로잡게 되는 것은 레이의 숙원이니 서로가 좋은 길을 걷는 것이라고 할 수 있었다.

옥림이 레이에게 고개를 살짝 돌리며 말했다.

"미안해요. 아저씨의 집안이 그렇게 된 것은 따지고 보면 우리 집안 때문이니까요."

"네 할아버지의 실수지. 시간을 되돌릴 수 없다는 것이 아쉽지만 이미 지나간 일은 더 이상 떠올리지 않는 것이 상책이야. 그러니 너도 이제 더 이상 그 일을 마음속에 깊이 담아둘 필요 없어."

그녀는 살며시 고개를 끄덕였다.

조금 숙연해진 분위기 속에서 세 사람의 여행은 계속되었다.

*   *   *

사천의 한적한 시골 마을.

슬슬 땅거미가 지고 있다.

까악까악!

까마귀들이 줄을 지어 날아든 동네 어귀에 한 중년여성과 묘령의 여인이 함께 서 있었다.

중년여성이 쑥대밭이 되어버린 마을을 바라보며 실소를 흘렸다.

"훗, 아주 무식하게도 일을 벌여놓았군."

"면목 없습니다."

현재 장원을 좌지우지하고 있는 황방의 보스 연빙옥은 자신의 수족이자 조카인 청하에게 물었다.

"그래, 면목이 없겠지. 그나저나 물건들은 다 어디로 갔나?"

"쿠오시드가 강탈해 갔다고 들었습니다."

순간, 그녀의 눈썹이 사납게 꿈틀거렸다.

"…들었다?"

"그, 그게 그러니까……."

연빙옥은 청하의 목덜미에 날카로운 단도를 들이댔다.

스릉!

"죄, 죄송합니다!"

"쯧쯧, 이러니 우리가 여자라고 사람들이 무시하는 것 아니냐. 사람은 자고로 똑같은 조건을 가지고 태어난다. 네가 일 처리에 미숙한 것은 여자라서 그런 것이 아니라 자질이 모자라서야. 그럼에도 불구하고 네가 잘못하면 나까지 욕을 먹어."

"고, 고모……."

"네가 잘못하면 여자들끼리 조직을 굴리기 때문에 이런 사달이 났다고 생각한다고. 왜냐, 조직은 남초 사회니까."

"다, 다시는 이런 일 없을 겁니다! 정말입니다!"

그녀는 가만히 청하의 얼굴을 바라보더니 이내 칼을 거두었다.

"좋아. 다시 한 번 기회를 주겠어. 삼 일, 그 안에 내 물건들과 그 애새끼를 찾아와. 그게 네가 살 수 있는 유일한 길이다."

"아, 알겠습니다!"

이윽고 그녀는 부서진 가옥을 수리하고 있는 조직원들에게 다가갔다.

이곳에 사람이 별로 살지 않는 것처럼 보이는 것은 평소 조직원들이 가옥 밖으로 나서지 않기 때문이다.

그러나 비상사태가 벌어지면 마을 전체가 움직여 그녀를 보호할 것이다.

그녀는 이곳의 책임자를 호출했다.

잠시 후, 현장에서 한 남자가 헐레벌떡 달려 나왔다.

"오셨습니까?!"

"세월 좋군. 이러라고 너에게 관리직을 줬다고 생각하나?"

"죄, 죄송합니다!"

"듣자 하니 놈이 날아서 도주했다고 하던데 사실인가?"

"믿기 힘든 일입니다만, 정말로 날아서 이곳을 빠져나갔습니다. 마지막엔 땅속으로 푹 꺼져서 도망갔지요."

연빙옥은 오른쪽 눈썹을 위로 살짝 치켜 올렸다.

"…죽기 싫어서 헛소리를 하는 것인지 죽고 싶어서 환장한 것인지 구분하기 힘들군."

"아, 아닙니다! 정말입니다!"

그녀의 눈썹이 비대칭으로 일그러지는 것은 인내심에 한 계가 찾아왔다는 것을 의미했다.

한마디로 지금 이 사내의 목숨은 경각에 달린 것과 마찬가 지라는 소리다.

하지만 쓸데없이 사람을 죽이는 데 취미가 없는 그녀이기 에 끝까지 이야기를 들어보기로 했다.

"그래, 계속해 봐. 땅으로 꺼져서 어떻게 도망갔나?"

"지하 수로를 따라서 도주했습니다. 그 지하 수로를 따라 도망가는 것도 공중 부양으로 몸을 띄워서 비행했기 때문에 저희로선 도저히 잡을 방법이 없었습니다."

"으음."

처음 그녀는 탈주를 계획한 작자가 일련의 트릭을 준비해 두었다고 생각했다.

이를테면 마이크로 와이어를 달아놓으면 육안으로 탈출 루트가 들통 나지 않고 탈출할 수 있다.

그 이후의 행동 역시 순풍을 받으면 충분히 그럴 수 있다고 생각했다.

하지만 마지막에 그들이 사라진 것은 도저히 인간의 상식으로 이해할 수 없는 부분이었다.

그녀는 자신의 뒤를 따르고 있는 부하 중 한 명을 불러냈다.

"만정."

"예, 보스."

"이곳에 왔다는 그놈들에 대해서 조사할 수 있겠나?"

"지금 저들이 증언한 특징을 가지고 말입니까?"

"불가능한가?"

"그런 사람은 그리 많지 않을 겁니다. 다만 지금까지 수면 위로 자신의 존재를 드러내지 않은 것으로 봐선 양지에서 찾을 수는 없을 것 같습니다."

"차라리 잘되었군. 네 전문 분야는 뒷골목이 아닌가?"

"크크, 그렇긴 하지요."

만정은 그녀의 명령에 따라 길을 떠났고, 그녀는 계속해서 사라진 옥림의 흔적을 찾기로 했다.

*   *   *

베이징 시가지에 위치한 물류터미널에 도착한 화수 일행은 승려복을 벗고 일상복으로 갈아입었다.

차에서 내린 세 사람은 곧장 물류터미널에 있는 식당가로
달려갔다.

"바, 밥!"

"허, 허어억!"

차에서 아무것도 먹지 못하고 내리 3일 동안 덜덜 떨었더
니 뱃가죽이 등에 달라붙을 지경이다.

화수는 주머니에 있는 한국 돈을 들고 식당으로 들어가 외
쳤다.

"하, 한국 돈도 되나요?!"

"네, 그렇긴 합니다만……."

"오, 신이시여!"

그는 식탁에 만 원짜리 지폐 넉 장을 올려놓으며 말했다.

"이 돈에 맞게 음식을 주십시오! 되도록 빨리요!"

"아, 알겠습니다."

식당주인은 화수의 주문대로 이곳에서 파는 음식들을 차
례대로 내놓기 시작했다.

화수는 가장 먼저 부드러운 것을 옥림과 레이에게 건넸다.

"우선 이 야채죽을 먼저 먹어야 합니다. 그렇지 않으면 속
이 놀래서 위경련이 일어날 수도 있어요."

"그, 그렇군요."

전생에 화수는 수많은 전장을 누빈 무장이기 때문에 며칠

정도 굶는 일이 허다했다.

그렇기에 그는 지금 이 상황에서 갑자기 고기와 같은 음식 이 들어가면 큰일 날 수도 있다는 것을 기억하고 있었다.

야채죽을 한 그릇씩 먹고 나니 슬슬 국수와 같은 면 종류가 눈에 들어왔다.

"고기 말고 곡물 종류로 기름칠을 해야 합니다."

"으, 으음!"

지금 그들은 화수가 주는 것이 무슨 음식인지 분간할 수 없을 정도로 게걸스럽게 음식을 먹어치웠다.

그렇게 얼마간 허겁지겁 음식을 먹어치우던 화수 일행은 드디어 제정신으로 돌아왔다.

"후, 살 것 같군."

"삼 일을 내리 쉬지도 않고 달리다니, 운전기사들은 참으로 대단하군요."

"돈이 사람을 그렇게 만든 거지."

이윽고 레이는 일행이 거쳐 가야 할 길에 대해 설명했다.

"일단 그와 접선하기로 한 곳은 이 근방입니다. 하지만 베이징에는 엄청난 숫자의 조직원이 도사리고 있을 테니 일단 몸을 숨기는 것이 좋겠어요."

"알겠습니다. 배를 채웠으니 최대한 조심스럽게 그와 접선하는 것으로 하죠."

스마트폰으로 지도 어플리케이션을 실행시킨 화수는 베이징 시내가 한눈에 보이는 지도를 확대시켰다.

지도에는 공중전화가 있는 곳이 몇 군데 나와 있었다.

"으음, 이 근처에는 공중전화가 없군요. 얼추 5㎞는 걸어가야 할 것 같아요."

"그렇다면 버스를 타는 것은 어떨까요?"

"아닙니다. 그랬다가 잘못해서 조직원들에게 얼굴이라도 팔리면 낭패예요."

"택시를 타는 것은요?"

"차라리 그편이 낫겠네요."

화수는 주머니에 돈이 얼마나 있는지 확인해 보았다.

"한화로 10만 원 정도 있네요. 레이 씨는요?"

"저는 미국 달러로 100달러요."

"합이 20만 원, 옥림이 너는?"

"저도 한화로 10만 원이요."

"충분하군요. 갑시다."

출발하기 전 화수는 옥림에게 안경을 쓰게 하고 얼굴에 점을 덕지덕지 찍었다.

"꼬, 꼭 이래야 해요?"

"잡혀서 개죽음 당하기 싫어. 그러니 좀 협조하라고."

커다란 안경에 점까지 찍어놓으니 꼭 시골에서 갓 내려온

촌뜨기 같은 느낌이 든다.

화수는 슬그머니 미소를 지었다.

"좋군."

"…일부러 그러는 거죠?"

"에이, 그럴 리가 있나?"

"믿어볼게요."

세 사람은 베이징 시가지 중앙 지역으로 걸음을 옮겼다.

＊　　　＊　　　＊

베이징 시가지 한가운데 있는 공중전화 부스에 도착한 화수는 레이의 지인에게 전화를 걸었다.

레이의 지인은 그의 부탁에 아주 흔쾌히 수락했다.

덕분에 화수는 곧장 베이징에서 출발하는 횡단열차에 몸을 실을 수 있었다.

레이의 지인은 기차를 타기 전 티켓을 한 장씩 나누어 주었다.

"이것을 가지고 있다가 기차가 출발하고 안전해졌다고 싶어지면 나와서 제자리로 돌아가게. 3인실에 침대도 있으니 라싸까지 가는 데 별 불편한 점은 없을 거야."

"고맙네. 이 은혜는 절대로 잊지 않겠네."

"후후, 별말씀을."

그는 쌀쌀한 날씨를 고려해 짐칸에 발열 패드와 두꺼운 오리털 이불을 겹겹이 깔아주었다.

그리고 약 나흘치의 식량과 물도 함께 넣어주었다.

"화장실이 급하면 밖에다 적당히 해결하게. 봉지나 상자에 볼일을 본다면 크게 상관은 없을 거야."

"알겠네."

이윽고 화수 일행은 사람 한 명이 드나들 정도의 구멍만 남긴 나무 상자에 몸을 집어넣었다.

쾅쾅쾅!

대못으로 입구를 꽁꽁 틀어막은 레이의 지인은 그곳에 라싸행 라벨을 붙여주었다.

그리고 그는 잠시 후 들어온 짐꾼들에게 당부의 말을 전했다.

"귀중품일세. 깨지지 않도록 아주 조심히 다뤄줘야 해. 만약 이 물건이 손상된다면 자네들은 모두 해고야."

"알겠습니다. 걱정 마십시오."

물량이 많은 짐칸에선 물건을 마구 집어 던지는 것은 예삿일이다.

그렇기 때문에 대용량 물류에 물건을 보낼 때엔 내용물이 깨지지 않도록 안전 포장을 하거나 깨지는 물건은 애초에 보내지 않는 것이 현명하다.

오늘은 사람이 들어 있지만 짐꾼들은 그 사실을 까마득히 모르고 있었다.

"거듭 말하지만 절대로 집어 던지면 안 되네."

"아이고, 걱정하지 마십시오."

두 번이나 당부를 전한 그는 이내 자리를 떴고, 화수의 일행이 들어 있는 상자가 짐칸에 선적되었다.

*　　　*　　　*

겹겹이 나무판자를 덧댄 상자 안.

화수는 이제 배터리가 얼마 남지 않은 스마트폰으로 명주신에게 전화를 걸었다.

스마트폰의 전원이 끊어지면 그녀와의 연락이 두절되기 때문에 미리 앞으로의 행보에 대해 언질을 받아야 했다.

뚜우, 뚜우—

미약한 신호이지만 간신히 전화 연결에 성공했다.

—접니다.

"성공했습니다. 지금 베이징에서 기차를 타고 이동하는 중이에요. 시간이 좀 오래 걸리긴 하겠지만 이대로라면 티베트에 도착하는 데는 무리 없을 것 같네요."

─정말인가요? 정말 다행입니다. 이젠 한시름 놓았어요.

그녀에게 옥림의 얘기를 하자 명주신은 한결 부드럽게 화수를 대했다.

일전에 있던 다소 불미스러운 태도에 대해선 이미 사과를 했고 이제부터는 조직의 손님으로 화수를 대하겠다고 말했다.

─아가씨를 잘 부탁합니다. 잘못하면 우리 조직의 운명이 통째로 흔들릴 수도 있어요.

"물론이지요."

그녀는 화수에게 인터넷 메신저로 약도를 보내주었다.

─라싸에 있는 헬기장입니다. 이곳으로 오시면 안전 가옥까지 우리 조직원들이 모실 겁니다. 그렇게 된다면 당신에게 닥친 문제도 금방 해결되겠지요.

"알겠습니다. 곧장 그쪽으로 가도록 하지요."

─아무쪼록 몸조심하세요. 그럼.

전화를 끊은 화수는 더 이상 스마트폰 배터리가 손실되지 않게 하기 위해 전원을 차단시켰다.

4장

길을 잃다

　베이징에서 라싸로 가는 길은 총 47시간에 달하는 대장정
이다.

　옛 실크로드를 가로지르는 청장열차에서 바라보는 창밖의
풍경은 시시각각으로 변화했다.

　쏴아아아아!

　창밖에는 산들바람이 불어와 어른 키만 한 갈대를 좌우로
흔들어댔다.

　끝도 없이 펼쳐진 갈대들의 향연은 마치 황금빛 바다를 보
는 것 같은 착각이 들었다.

레이는 지금껏 세계 방방곡곡을 돌아다녔지만 단언컨대 이렇게 지루하면서도 아름다운 풍경은 처음이라고 말했다.

눈을 뗄 수 없을 정도로 아름다운 풍경이지만 그 풍경이 한 시간 이상 계속해서 반복된다는 것은 상당히 고역이다.

그나마 지금은 기찻길이 발달해서 48시간이면 당도할 수 있는 라싸이지만 그 옛날 고대 상인들은 이곳을 말과 나귀로 넘어 다녔다.

중국에서 티베트로 차와 비단을 실어 다니는 상인들을 '마 방'이라고 불렀는데, 마방은 티베트인의 젖줄인 차를 공급하는 주요 수단이었다.

때문에 지금도 마방은 야크와 말을 몰고 차와 소금을 실어 나르고 있었다.

이제 중국 정부에서 티베트 자치구의 소수 민족들에게 필요한 차와 식량을 공급하기 위해 길을 뚫고 있다.

기차로 이틀이면 당도하는 라싸에서 다시 차를 타고 물건을 실어 나르면 족히 일주일이면 못 갈 곳이 없어지는 것이다.

화수는 이 고즈넉한 풍경이 점점 사라질 것임을 알고 있었다.

그가 아는 세상은 아주 빠르게 변하며 그 변화는 사람이 미처 감지할 수 없을 정도이다.

'오래도록 이 풍경을 볼 수 있었으면 좋겠군.'

길이 변해도 풍경은 변하지 않았으면 좋겠다고 바라는 화수다.

여행 30시간째.

기차는 이제 티베트 자치구의 광활한 초목지대를 지나고 있었다.

목동들은 신선한 풀을 찾아 티베트 전체를 떠돌아다니곤 했다.

그들이 걸어 다니는 길의 길이가 무려 수천 ㎞에 이른다.

그렇게 발품을 팔아 말과 야크를 키우고 그를 주식으로 삼아 지금까지 목동의 명맥을 이어온 것이다.

창밖으로 목동들이 야크와 말을 몰고 다니는 것을 심심치 않게 볼 수 있었다.

티베트는 예로부터 준마가 특산물일 정도로 뛰어난 품질의 말들을 생산해 냈다.

그 덕분에 고대 티베트 왕국은 송나라를 위협하여 대륙의 패자로 군림하고자 했다.

하지만 내분으로 인해 그 힘이 쇠퇴하여 결국에는 중국의 속국으로 전락하고 말았다.

그러나 지금도 그들의 기상은 살아 있기에 이 척박한 환경

속에서도 굴하지 않고 자신들만의 영역을 지켜나가고 있었다.

화수는 그 모습을 바라보며 자신이 걸어온 길을 돌이켜 보았다.

피로 얼룩졌던 과거와 지금의 생활.

저들의 모습에서 어쩐지 그의 과거가 겹쳐 보이는 것은 화수의 인생이야말로 진정한 고행 길이었기 때문일 것이다.

*   *   *

쿠오시드와 장원의 전쟁이 극에 달하고 있었다.

두 조직의 분쟁이 일어난 것은 불과 한 달 전이지만 이미 기반 시설의 절반이 초토화된 상태였다.

장원의 마약 공장 네 곳이 불에 타 없어졌고, 쿠오시드의 마약 상인들의 절반이 목숨을 잃었다.

비록 암흑가의 분쟁이지만 그에 따른 일반인의 피해 또한 만만치가 않았다.

지금까지 일반인 희생자는 나타나지 않았지만 암흑가와 긴밀하게 협력 관계를 유지하고 있던 일반 사업자들은 그야말로 줄초상을 당했다.

대부분의 시설은 암흑가의 명의로 되어 있었고, 일반 시설로 위장하기 위해 건물의 대부분을 세를 놓고 있었다.

때문에 건물이 습격을 당하면 일반인들의 재산까지 피해를 입을 수밖에 없는 것이다.

덕분에 조직의 부수입으로 여겨지던 세입자들의 월세가 끊어지면서 예상치도 못한 타격이 발생했다.

특히나 조직의 본거지가 있는 곳에서 일어난 분쟁의 경우엔 그 정도가 심각한 수준이었다.

마르센 쿠오시드는 자신이 세력을 키운 산타페 지방의 건물 열 개가 초토화된 것에 대해 보험회사에 구제 신청을 했지만 일부 기각되었다.

총격에 대한 보상 절차는 생각보다 복잡했고, 탄탄한 기반을 다진 세계적 보험회사는 쿠오시드의 명의로 된 재산만 보상해 주겠다고 했다.

마르센은 자신의 세입자들을 구제하기 위해 보험회사를 협박했지만 역시 소용없었다.

그는 산타페 외곽에 있는 한 농가에 머물면서 대책 마련에 골몰했다.

쿠오시드의 수뇌부 30명과 중간보스 50명이 모인 회의장에는 이 사건의 발단인 빌리도 자리했다.

마르센은 원탁의 중앙에 앉아 부하들을 굽어보며 말했다.

"사태가 상당히 심각하다. 이젠 우리의 기반 시설이 죄다 무너지게 생겼어. 도대체 어디서부터 어떻게 잘못된 것인지 모르겠군."

빌리는 자신의 목숨을 내걸고 이 사태에 대해 설명했다.

"이건 장원이 먼저 걸어온 싸움입니다."

"그걸 어떻게 아나?"

"처음 제가 이 얘기를 들었을 때가 한 달 전이었습니다. 러시아 마피아인 이바노프와 미국계 마피아인 베네노아가 저에게 찾아와 그러더군요. 지금 장원이 우리의 마약 장삿길을 방해할 계획을 세우고 있다고요."

"뭐, 뭐라?"

순간 회의장이 시끄럽게 웅성거리기 시작했다.

마르센은 부하들에게 손을 들어 더 이상 떠들지 않도록 명령했다.

"조용히, 조용히 해라."

이윽고 회의장이 조용해지자 빌리는 계속해서 말을 이었다.

"이바노프는 지금 장원이 세계적으로 이슈가 되고 있는 물건들을 되는 대로 매집하고 있다고 했습니다. 그것을 이용해 정부의 눈길을 잡아끌고 그 틈을 타 중남미로 진출하겠다는 뜻이지요. 그 증거로 우리가 탈취한 철광석이 있습니다. 그들은 엄청난 숫자의 철광석을 되는 대로 매집해서 쌓아놓고 있었습니다. 그것도 세계 최고의 철광석 소요국인 중국에서조차 말입니다."

"으음."

"지금 중국은 마약과의 전쟁을 선포했다고 합니다. 급격한 경제 발전으로 인한 청년층의 타락을 막고자 한 것이지요. 덕분에 지금 중국의 마약 유통은 3분의 2가량 단절된 상태입니다. 아무리 값을 비싸게 팔아먹어도 수지가 맞지 않을 수밖에 없지요."

"그렇다면 한국이나 일본은?"

"한국과 일본은 중국보다 마약 반입이 더 어렵고 까다롭기로 유명합니다. 그렇다고 동남아로 눈길을 돌리자니 청방이라는 거대 세력이 버티고 있어 불가능하지요."

빌리의 말에 쿠오시드의 수뇌부들이 다시 웅성거리기 시작했다.

"녀석의 말이 맞는다면 이건……."

"대놓고 전쟁을 벌이자는 거지. 중남미를 뚫으면 아메리카 지역 전역에 마약을 유통시킬 수 있으니까. 그 규모가 세계 최고인 것을 감안하면 당연히 도전해 볼 만한 일 아니겠어?"

이제 그의 말이 진실이라는 것이 마치 기정사실화되어 가고 있었고, 보스인 마르센 역시 같은 생각인 듯했다.

"빌어먹을 놈들이군. 우리를 물로 보아도 유순수지, 밥그

룻을 빼앗기 위해 지금까지 그 난리를 피운 것이란 말인가?"

"예, 보스. 실제로 지금 중국의 마약 유통률은 무려 40% 이상 떨어졌으며 러시아는 건드리기 힘든 대상이라고 생각하는 것 같았습니다. 한마디로 우리를 무시하는 것이지요."

"개자식들!"

빌리의 한마디에 조직은 아예 발칵 뒤집어지고 말았다.

"보스, 지금이라도 놈들을 치러 가시죠! 심장부를 타격하는 겁니다!"

"개새끼들! 밀어버립시다!"

"옳소!"

무려 80명이나 되는 부하들이 복수를 종용하니 보스 된 입장에서 도저히 거부할 수가 없었다.

마르센은 테이블 중앙에 자신의 단도를 꽂아 넣었다.

퍼억!

"전면전이다. 깔짝깔짝 사람만 죽이는 것이 아니라 아예 조직의 명운을 걸고 전쟁을 벌일 필요가 있겠어."

"옳으신 선택입니다!"

그는 빌리에게 러시아 마피아인 이바노프와 베네노아의 연락처를 물었다.

"네가 말한 그 마피아들과 연락하자면 어떻게 해야 하는가?"

"지금 저와 긴밀히 연락이 닿고 있으니 곧장 연결될 겁니다."

"좋아. 그들을 이번 일에 끌어들이고 커미션을 제공한다고 전해라."

"알겠습니다."

마르셴은 전쟁을 준비하기 위해 산타페 중심가로 향했다.

*   *   *

한국에서 총괄사업부를 관장하고 있는 베네노아에게 빌리의 전언이 도착했다.

화수가 작은 사건을 처리하기 위해 티베트로 떠났다는 소식을 들은 이후라서 움직이기가 부담스러웠지만 로이드가 있으니 큰 걱정은 없을 듯했다.

그는 한국 본사를 로이드에게 맡기고 동남아 등지에 있는 생산 라인을 찬미에게 맡겼다.

그리고 조직 간의 전쟁에 있어서 가장 특화된 리처드를 이번 일에 대동하기로 했다.

이바노프는 베네노아에게 자신의 모든 전력을 이곳에 투입할 것임을 밝혔다.

늦은 오후, 모스크바에 있는 한 선술집에서 마르셴과 빌리는 베네노아 일행을 기다리고 있었다.

그들은 보드카를 마시며 추위를 달랬다.

"조금 늦는군."

"조직을 중국 쪽으로 곧바로 내려 보내기 위해 준비하고 있다고 합니다. 또한 이번 일에 조금 놀라운 사람을 투입시킬 예정이라고 하더군요."

"놀라운 사람?"

"비록 고문으로 참여하긴 하지만 그의 암살 능력은 세계 최고라고 알려져 있습니다. 특히나 동남아에선 가히 독보적이지요."

"그렇게 대단한 사람인가?"

"보시면 압니다."

이윽고 베네노아 일행이 선술집 문을 열고 들어섰다.

"저기 왔습니다."

마르셴은 문을 열고 들어선 사내들 중 가장 왼쪽에 있는 젊은 청년을 응시했다.

그리곤 이내 화들짝 놀라 소리쳤다.

"브, 블랙?!"

"그렇습니다. 이번 전쟁에 블랙이 고문으로 나섰습니다."

그제야 마르셴은 그 특별한 손님에 대해 알 수 있었다.

"참, 별일이군. 블랙이 암살고문으로 등장하다니 말이야."

"그러게 말입니다."

이내 마르센의 앞에 다가선 세 사람은 악수를 건넸다.

"쿠오시드의 보스이시오?"

"그렇소. 그럼 그쪽이 베네노아 씨 되시겠군."

"반갑소. 베네노아요."

"마르센이오."

그는 이바노프와 목례를 나눈 후 리처드에게 다가갔다.

"오랜만이군."

"당신이 청방과의 이해관계를 청산하고 난 지 3년이니까 딱 4년 만이군."

"후후, 세상은 꽤나 좁다더니 정말인 모양이군."

"사람은 언젠간 만나게 되어 있다고 내 형님께서 항상 말씀하셨지."

리처드는 청방의 킬러로 일하던 시절에 쿠오시드의 보스인 마르센을 잠시 본 적이 있다.

이해관계에 얽혀 리처드의 손에 죽을 뻔한 마르센 또한 한시도 그를 잊어본 적이 없었다.

하지만 그렇다고 복수심에 불타 그를 찾아다닌 것은 아니다.

그를 찾아 죽이려다 오히려 자신이 죽을 수도 있다는 사실을 너무나도 잘 알고 있기 때문이다.

"아무튼 반갑군. 자네가 있으니 이번 전쟁은 이긴 것이나 다름없겠어."

리처드는 고개를 가로저었다.

"나는 내 형님과 관련된 일이 아니면 절대로 칼을 잡지 않는다. 그나마 베네노아 씨가 부탁해서 고문을 맡기로 한 거다. 착각하지 않았으면 좋겠군."

블랙이라는 이름을 잘 아는 사람이라면 그가 함께 있는 것만으로도 엄청난 시너지가 발생한다는 것을 잘 알았다.

때문에 그는 리처드가 떠나지 않도록 비위를 맞추었다.

"하하, 알겠네. 자네가 원한다면 다시는 이 일을 거론하지 않겠네."

"명심하도록."

"물론이지."

베네노아는 이번 일에 자신이 참여하는 이유에 대해서 설명했다.

"우리가 당신들에게 정보를 제공했으니 함께 일을 하려는 것이오. 만약 이후에 또다시 전쟁이 벌어진다면 우리는 손대지 않겠소."

"물론이오. 그건 우리도 원하는 바가 아니오."

"또한 이번 전쟁이 끝나게 되면 우리는 마약이나 현금이 아닌 철광석을 보수로 받았으면 하오."

"철광석을?"

"우리는 합법적인 사업을 펼치는 사업가들이오. 당연히 마약과 같은 불법 약물을 받을 수는 없소."

조직의 주 수입원인 마약을 나누지 않아도 된다는 소리에 마르센은 쌍수를 들어 반색했다.

"좋소. 그런 조건이라면 얼마든지 들어줄 수 있지."

"그럼 우리는 이것으로 조건 조율을 마친 것으로 알겠소. 내일 아침에 봅시다."

"그럽시다."

베네노아와 리처드가 선술집을 나섰고, 이제 남아 있는 세 사람은 남은 조건들을 조율했다.

*　　　*　　　*

중국 충칭에 위치한 50층 건물.

이곳에 500명에 달하는 백인 청년이 줄을 지어 몰려들었다.

그들은 모두 검은색 선글라스에 검은색 슈트를 입고 있었고 이수자동차에서 나온 SUV를 타고 있었다.

끝도 없이 몰려드는 외국인 행렬에 행인들은 그저 고개를 갸우뚱거렸다.

"오늘 무슨 행사가 있나?"

"그러게 말이야."

하지만 행사가 열린다고 하기엔 그들의 분위기가 너무나도 무겁고 진지해 보였다.

이윽고 그들은 차에서 내려 노란색 공사장 펜스를 치고 곳곳에 안전 바를 매달아놓았다.

사람들은 그들이 건설을 위해 찾아온 측량기사들이나 사무 관련 직원들이라고 단정 지었다.

잠시 후엔 초대형 중장비와 타워크레인까지 동원되니 영락없는 공사 현장이 따로 없었다.

가장 앞에 있던 차량에서 내린 베네노아가 리처드와 함께 행렬의 첫 번째로 나섰다.

"자네는 그저 무전기로 지령만 내리게. 행동은 저들이 하도록 내버려 두고 말이야."

"알겠습니다. 걱정하지 마시지요."

베네노아는 무전기를 통해 작전이 시작되었음을 알렸다.

"모두 다 때려 부수도록."

그러자 500명의 청년이 일제히 건물 안으로 달려 들어갔다.

"쳐라!"

"와아아아아아!"

함성까지 내지르며 건물 안으로 들어서는 쿠오시드의 조직원들 뒤에 선 리처드는 타워크레인과 대형 장비에 오른 나머지 조직원들에게 말했다.

"너희는 동료들의 위를 소총으로 엄호한다. 또한 잘못하면 경찰이 들이닥칠 수도 있으니 후방을 철저히 감시해라."

―알겠다.

베네노아는 이곳에 불도저와 대형 포크레인 등의 초대형 장비들을 50대 이상 배치했다.

이렇게 장비들을 배치해 놓으면 경찰이 들이닥친다고 해도 충분히 퇴로를 마련할 수 있다.

또한 지금 지하에는 500명이 탈출하기에 충분한 양의 보트를 준비해 놓아 양자강으로 빠져날 수 있을 것이다.

이제 남은 것은 그들의 심장부를 철저히 파괴시켜 더 이상 잡음이 일어나지 않도록 하는 일이었다.

이바노프의 부하들과 쿠오시드 조직원들은 순식간에 50층 건물을 점거하여 조직원으로 보이는 모든 인원들을 해치워 나갔다.

―1층부터 20층까지 모두 깨끗하게 정리했다.

―20층부터 40층까지도 모두 쓸어버렸다.

단 30분 만에 상황을 정리한 베네노아는 이내 철수 명령을 내렸다.

"이만 가자. 이제 철수하면서 건물을 불태우는 거다."

─알겠다.

그들이 건물 밖으로 빠져나올 즈음에 경찰들이 특공대를 대동하여 출동했다.

위용위용!

리처드는 중장비에 타고 있는 조직원들과 함께 지하 수로의 물길을 확보했다.

"가자."

─알았다.

지하 수로로 들어간 리처드는 보트에 시동을 걸어놓고 조직원들이 도착하기만을 기다리고 있었다.

이윽고 베네노아와 함께 500명의 조직원이 복귀했다.

"지상은 이미 불바다가 되었네. 탈출하면 돼."

"예, 알겠습니다."

가장 선두에 선 리처드가 GPS 수신기의 신호를 따라서 배를 몰았다.

부아아아아아아앙!

얕은 물에서도 충분히 제 속도를 낼 수 있기 때문에 보트는 양자강까지 무리 없이 뻗어 나갈 것이다.

리처드는 자신이 원하는 곳까지 도주했다는 생각이 들어 입구를 봉쇄하기 위해 남겨두었던 조직원들에게 전화를 걸었다.

"이제 뚜껑을 덮고 도주로를 이용해 빠져나가라."

—알겠다.

속전속결로 끝낸 작전이 슬슬 마무리될 때쯤 칭다오에서도 비슷한 일이 벌어졌다.

지금쯤이면 마르센과 이바노프가 500명의 조직원을 이끌고 마약 창고를 습격하고 전리품을 수급하고 있을 터다.

"이것으로 작전은 마무리가 되겠군요."

"계획대로 풀린다면 말이지."

"수고하셨습니다."

"후후, 내가 뭘."

두 사람은 양자강에 머물고 있는 대형 선박을 향해 무리를 이끌었다.

*　　　*　　　*

티베트 라싸에 당도한 화수는 그녀가 알려준 약도를 따라서 이동했다.

베이징에서 출발한 열차가 무사히 장원의 조직원들을 따돌리고 안전지대까지 당도한 것이다.

아마도 지금쯤이면 장원의 조직원들이 눈에 불을 켜고 사천성 전역을 뒤지고 있을 것이다.

예상보다 시간이 지체되긴 했지만 결과적으론 적을 따돌린 셈이 되었으니 베이징으로 에둘러 온 것은 잘한 일이었다.

화수는 라싸의 한 식료품점으로 발길을 돌렸다.

중국어로 '나뭇잎'이라는 단어가 적힌 간판이 매달려 있는 벽돌집 앞에 도착한 화수는 그녀가 시킨 대로 열 번에 나누어 노크했다.

똑, 똑똑똑, 똑똑, 똑똑똑똑.

그러자 이내 문이 열리며 명주신의 부하로 보이는 한 여인이 모습을 드러냈다.

"어서 오십시오. 기다리고 있었습니다."

"그녀는 어디에 있습니까?"

"지금 안전 가옥에서 기다리고 계십니다. 이쪽으로 오십시오."

그녀를 따라서 벽돌집 안으로 들어가니 약 20평가량 되는 마당에 헬리콥터가 대기하고 있었다.

레이와 화수는 이곳에서 이방인이지만 이젠 슬슬 손님이 되려는 모양이다.

"원하신다면 다시 중국으로 돌아가서도 상관은 없지만 기왕이면 함께 와달라고 요청하셨습니다."

"나야 좋지."

"기왕지사 이렇게 된 김에 저도 함께 가겠습니다."

"감사합니다. 그분께서 아주 좋아하실 겁니다."

그녀는 직접 열쇠를 이용해 시동을 걸었고, 화수 일행이 헬기에 올라타자 곧장 이륙했다.

"이곳에서 세 시간가량 걸릴 겁니다. 참고로 그곳은 문명과는 아예 동떨어진 곳이니 그 점은 꼭 명심하시기 바랍니다."

"알겠습니다."

그녀는 헬기를 띄워 히말라야산맥으로 향했다.

*   *   *

히말라야 산맥은 사람이 살기엔 무척이나 힘들고 척박한 곳이지만 티베트는 이곳에서 1,500년이나 번성하며 그 뿌리를 이어오고 있었다.

티베트의 마방과 목동들이 가장 신성하게 여긴다는 루나산의 중턱에 멈추어 선 헬리콥터는 작은 동굴에 들어가 착륙했다.

"이곳입니다. 내리시죠."

화수는 고개를 갸웃거렸다.

"동굴?"

"이 안쪽으로 들어가시면 안전 가옥이 위치해 있습니다. 함께 가시죠."

입구를 제외하고 모든 면이 막혀 있는 동굴에 무슨 안전 가옥이 있나 싶었지만 이내 화수의 의문은 풀렸다.

동굴의 깊숙한 곳에 사람 한 명이 간신히 들어갈 정도의 공간이 있고, 그곳을 지나치자 산맥과 조화를 이룬 자연 가옥이 자리 잡고 있었다.

화수와 레이는 그 수려한 풍경에 감탄을 금치 못했다.

"이런 곳이 다 있었군요."

"그러게 말입니다."

순백색 눈이 내려앉은 바위산 중턱에 벽돌로 집을 지은 안전 가옥은 중앙이 통유리로 되어 있어 자연경관을 감상하기에 아주 적합한 구조였다.

그녀를 따라서 안전 가옥 중앙에 위치한 철문을 열고 안으로 들어선 화수는 15명의 중년인과 명주신을 만날 수 있었다.

명주신의 호출로 안전 가옥에 모여든 장원의 수뇌부가 일제히 옥림에게 고개를 숙였다.

"당주님을 뵙습니다."

"오랜만이군요. 다들 잘 지내셨나요?"

그들은 자신들의 무지함을 탓하며 통곡했다.

"죄송합니다! 저희가 모자라서 그 연가 년에게 놀아나고 말았습니다! 그동안 얼마나 고생이 많으셨는지요?"

"아니에요. 그년을 집안에 들인 전대 당주께서 문제이지요."

어린 나이에 걸맞지 않는 그녀의 품행은 아마도 어려서부터 철저하게 교육을 받아온 덕분인 듯했다.

화수는 상당히 의연하게 수뇌부들을 맞이하는 옥림의 모습에 속으로 감탄했다.

'아무리 꼬마라곤 해도 당주는 당주인가 보군.'

그 언젠가 전생의 화수가 대륙 전역을 돌아다닐 때 망국의 왕자이던 유피아라는 사람이 있었다.

그는 검술의 검 자도 모르는 유약한 왕자에 지병까지 앓고 있어서 순수 혈통 왕위 승계 순위에서 한참이나 떨어져 있던 사람이었다.

하지만 그는 나라가 망하는 그 순간까지도 왕자로서의 품위를 잃지 않고 제국에 맞섰다.

결국 목이 달아나 들개들의 밥이 되어버리긴 했지만 그의 숭고한 정신은 대대손손 기억되었다.

화수는 그녀의 모습에서 유피아가 보이는 듯했다.

유피아는 분열된 왕국을 수습하지 못했고 왕위 계승에 힘을 싣지 못해서 결국 망국을 맞고 말았다.

하지만 옥림에겐 명주신이라는 든든한 지원군과 그녀를

따르는 수뇌부들이 있으니 최소한 조직이 와해될 걱정은 없을 것 같았다.

명주신이 화수에게 깊이 고개를 숙였다.

"고맙습니다. 당신이 아니었다면 당주님께선 이미 돌아가셨을지도 모릅니다."

화수는 고개를 가로저었다.

"아닙니다. 옥림의 의지가 강했기 때문에 여기까지 올 수 있었습니다. 참으로 강인한 당주를 두셨군요."

수뇌부와 인사를 나누느라 화수의 칭찬을 듣지 못한 옥림은 연신 화수를 바라보며 메롱 혀를 내밀었다.

이럴 때 보면 영락없는 철부지 소녀이지만 부하들 앞에선 아주 품위가 넘치는 규수가 따로 없었다.

'잘해내리라 믿는다.'

이제 화수가 그녀를 위해 해줄 수 있는 일은 없었다.

이곳에 취재를 위해 온 레이를 며칠 정도 기다렸다가 다시 한국으로 돌아가 일상에 복귀하는 일만 남았다.

*   *   *

화수가 실제 당주인 옥림을 안전 가옥까지 무사히 탈출시켰을 때엔 이미 장원의 중앙부가 불에 타버린 후였다.

그리고 그들이 가지고 있던 철광석은 모두 강탈당하여 이수기업으로 넘어갔다.

이제 사재기로 인한 수익을 거두어들이기는 무척이나 힘들어졌다는 소리다.

명주신은 옥림이 아직 건제하다는 사실을 조직 전체에 알렸고, 수뇌부들은 부하들을 끌어모아 그녀에게 힘을 실어주기로 했다.

상황이 이렇게 급반전되자 황방에 속해 있던 조직원들이 모두 연빙옥을 따라 조직에서 떨어져 나오게 되었다.

어차피 연빙옥은 옥림의 손에 죽을 운명이었기 때문에 더 이상 조직에 남아 있는 것은 의미가 없었다.

대신 그녀는 황방이 가지고 있던 조직의 재산을 모두 몰수하여 중앙부로 흡수시켜 불에 타버린 본관을 복구시켰다.

또한 매점매석의 기반 시설을 전부 정리하고 그와 관련되어 있던 인사들과의 관계를 끊었다.

그녀가 황방을 떼어낼 즈음엔 이미 레이의 신문사가 철광석 매점매석에 대한 기사를 터뜨린 후였다.

지금까지 황방과 거래하던 정치인들은 서로 피해를 입지 않기 위해 방어적인 태도를 고수했다.

그들이 투자한 돈은 더 이상 이 세상에 존재하지 않는 것이 되어버렸다.

연빙옥은 자신의 본거지를 사천으로 옮기고 그곳에서 다시 기사회생을 꿈꿨다.

　비록 기반 시설을 모두 다 잃긴 했지만 지금까지 그녀가 자신의 앞으로 빼돌린 재산은 조직의 전체 재산의 사분의 일에 달했다.

　새로 기반을 다지자면 시간이 오래 걸리긴 하겠지만 조직이 아예 일어설 수 없는 것은 아니었다.

　사천성 변두리 마을을 통째로 인수하여 황방의 본거지로 개조한 연빙옥은 이곳에서 마약을 제조하고 밀무역의 발판을 만들기로 했다.

　황방의 본거지 마을 깊숙한 곳에 위치한 연빙옥의 사옥에 그녀의 충복 만정이 찾아왔다.

　소파에 몸을 묻은 채 맹인안마사의 마사지를 받고 있던 그녀에게 만정이 파일 하나를 건넸다.

　"저번에 말씀하신 놈에 대한 정보입니다."

　"그래? 뭐 하는 놈이라고 하던가?"

　"직접 읽어보시지요. 제가 말씀드리는 것보다 보스께서 직접 읽어보시는 것이 빠를 것 같습니다."

　그녀가 파일을 펼치자 한 청년의 사진과 함께 신상명세가 적힌 쪽지가 들어 있었다.

　"강화수, 한국에서 자동차 사업을 하고 있다고?"

"베트남 계열로 알려진 이수자동차가 사실은 그의 소유입니다. 그래서 한국계 자동차 회사라는 타이틀을 달 수 있었지요."

"으음, 이수자동차라……. 하이타 자동차를 전신으로 한 그 회사 말이지?"

"예, 보스. 그 회사의 사장이 바로 이번 사건과 관련된 강화수란 놈입니다."

연빙옥은 고개를 갸웃거렸다.

"사업가라는 놈이 어떻게 그런 요술을 부릴 수 있는 것이지?"

"아마도 그건 요술이 아니라 일련의 트릭 같습니다. 일전에도 이런 사건이 벌어졌던 것 같더군요. 이를테면 우리 조직의 철광석 강탈 사건 같은 것 말입니다."

"그게 무슨 소리인가?"

"알아보니 우리 마을 CCTV에 찍힌 모습과 블라디보스토크 CCTV에 찍힌 모습이 일치하더군요. 아마도 철광석 매집을 방해하고 그 물량을 죄다 가로챈 사람이 다름 아닌 강화수인 것 같습니다."

그녀는 인상을 와락 구겼다.

"…빌어먹을 놈이군. 일개 사업가라는 놈이 별짓거리를 다 하고 다니는군."

"우리와는 철광석 때문에 엮인 것 같습니다. 원자재의 거의 대부분을 차지하는 철광석 값이 폭등했으니 당연히 발등에 불이 떨어졌겠지요."

"궁지에 몰려 쥐가 고양이를 문 격인가."

"예상치도 못한 일이지요."

그녀는 화수의 프로필이 들어 있는 파일을 불로 태워 버렸다.

화르르륵!

"놈에 대해 조금 더 알아볼 수 있겠나?"

"자세하게 말입니까?"

"가족 관계부터 인맥까지 전부 말이다."

"알겠습니다. 당장 한국으로 떠나겠습니다."

이윽고 만정은 한국으로 떠났고, 연빙옥은 상념에 잠겼다.

"강화수라……."

그녀는 앞으로 자신과 강화수가 지독한 악연으로 엮이리라 예상하고 있었다.

*   *   *

중국 베이징 국제공항 출국 게이트 앞에 선 화수가 옥림의 배웅을 받았다.

그녀는 군이 혼자 떠나겠다는 화수를 따라와 한 시간이 넘
도록 그를 쫓아다녔다.

"가지 말고 중국에서 살아. 내가 집도 주고 차도 줄게."

아쉬운 마음에 자꾸만 자신을 잡는 그녀에게 화수는 난감
한 투로 말했다.

"이제 너도 새로운 가족을 찾았으니 거기에 안착해야지.
나 같은 아저씨를 자꾸 따라다니면 일만 복잡해져."

"아저씨인 게 무슨 상관이야? 내가 아저씨랑 결혼을 하겠
다는 것도 아니고."

"그러니까 문제지."

"그럼 나랑 결혼해. 그럼 되잖아."

"막무가내군."

아무래도 그녀는 화수와 여행하는 동안 그에게 정이 많이
든 모양이다.

하지만 그녀와 화수는 애초에 함께 붙어 있을 운명이 아니
었다.

"너도 이젠 한 집단의 수장이니 더 이상 누군가에게 의지
할 수 없는 입장이야. 그러니 하고 싶은 일이 있더라도 참고
세 번 이상 심사숙고해야 해. 알아들어?"

"쳇, 내가 아저씨의 충고를 왜 들어야 하는데? 그냥 여기서
살라니까."

"안 돼. 내가 책임져야 할 사람들이 기다리고 있어."

출국 게이트 안쪽에는 그를 수행하기 위해 중국까지 날아온 베네노아와 로이드가 기다리고 있었다.

하지만 그녀는 끝까지 화수에게 매달렸다.

"싫어! 내가 아저씨에게 철광석까지 주었잖아!"

"그건 베네노아가 황방에서 빼앗은 것이지 네 것이 아니잖아?"

"그, 그렇지만……."

"아무튼 가끔 얼굴이나 보면서 살자고."

화수는 이내 돌아섰고, 그녀의 뒤에 서 있던 명주신이 옥림을 붙잡았다.

"그만 보내주시지요."

"어, 어? 이거 안 놔! 아저씨가 가잖아!"

"진정하십시오. 이젠 장원의 당주이십니다. 체통을 지켜야지요."

"체통이고 나발이고……."

그녀는 화수가 출국 게이트에서 자취를 감추자 이내 축 늘어져 돌아섰다.

"피이, 결국 가버렸잖아."

"갈 사람은 가야 합니다. 계속 이곳에 있을 사람이 아니에요."

"알지만……."

"이만 가시죠. 기다리는 사람이 많습니다."

결국 옥림은 체념하고 돌아설 수밖에 없었다.

5장

골치 아픈 여자들

늦은 오후의 둔산동.

주말을 맞아 엄청난 인파가 몰려들었다. 그중에는 로이드
와 찬미도 속해 있었다.

"사부님, 오늘 이곳에 나온 이유가 뭔가요?"

"잠자코 따라오면 됩니다."

그녀에게는 두 명의 사부가 있다.

한 명은 마도학을 가르쳐 준 화수이고, 또 한 명은 게임이
라는 문화를 알려준 로이드이다.

로이드는 그녀에게 있어 신세계와 접촉하게 해준 선구자

와 같은 사람이다.

주말이면 그를 따라서 레벨 업을 하거나 현금으로 아이템을 구매하여 보스레이드나 PK를 즐기고 다녔다.

연구와 경영도 중요하지만 그녀는 주말마다 즐기는 이 게임이라는 세계가 너무나도 마음에 들었다.

더군다나 화수가 게임 회사를 인수했기 때문에 아마 그녀가 늙어 죽을 때까지 서비스가 중단되는 일은 없을 것이다.

하지만 주말에 게임도 하지 않고 밖으로 나온 것에 대해 그녀는 불만을 품고 있었다.

"플레이 시간 24시간을 찍어도 모자랄 판에 이래도 되는 건지 모르겠군요. 이러다 랭킹을 놓치게 된다면……."

"부주가 있으니 괜찮습니다. 우리 둘의 플레이를 다른 사람에게 맡겨두었으니 랭킹은 걱정할 필요 없어요."

"하지만……."

"일단 와보십시오. 아마 당신도 아주 좋아하게 될 겁니다."

로이드의 손에 이끌려 도착한 곳은 1층이 오락실, 2층은 PC방, 3층부터 5층까지는 클럽과 술집으로 구성된 건물이었다.

그녀는 건물 안에 들어서며 연신 고개를 갸웃거렸다.

"여긴 왜 온 건가요?"

"갑시다. 거의 다 왔어요."

그는 그녀를 데리고 4층에 위치한 호프집으로 들어섰다.

그러자 아르바이트생이 그를 알아보고 꾸벅 고개를 숙였다.

"오셨네요. 다들 모여 계세요."

"그렇군요. 룸에 있는 것 맞지요?"

"네."

로이드는 이곳을 자주 온 것 같았다.

그렇지 않으면 아르바이트생이 그를 알아보고 인사할 리는 없었다.

계속되는 의문.

그녀는 로이드의 손에 이끌려 술집 구석의 룸으로 들어섰다.

그리고 그곳에 들어가자마자 그녀는 믿을 수 없는 광경과 마주했다.

"오오, 길마(길드 마스터)다! 길마 형님께서 오셨어!"

"박수!"

짝짝짝짝짝!

"그 옆에는 부길마?"

그녀는 이곳에 모인 사람들이 자신과 함께 사냥과 전쟁을 즐기던 게임 속 동료들이라는 사실을 어렵지 않게 알 수 있었다.

"이야, 부길마가 이렇게 미인이었다니, 놀랄 노 자군요!"

"과, 과찬이세요."

"일단 앉으시죠. 이제 총무께서 나오실 겁니다."

로이드와 찬미가 룸의 가장 상석에 앉자 호프의 주인이자 이 건물의 건물주인 길드의 총무가 등장했다.

"반갑습니다. 오늘도 바쁘신 가운데 이렇게 정모(정기모임)에 나와 주셔서 감사드립니다. 오늘은 새로운 사람이 나오셨습니다. 부길마께서 모임에 참가하셨습니다. 박수 주세요!"

짝짝짝짝짝!

총무는 올해로 서른이 조금 넘었다고 했는데 그녀는 그가 건물주일 것이라곤 전혀 상상조차 하지 못했다.

그는 아주 통 크게 술과 안주를 내어놓았다.

"우리 가게에 있는 술과 안주는 모두 공짜입니다. 마음껏 드세요."

"오오, 좋지!"

통이 큰 총무 덕분에 정모 분위기는 한껏 달아올랐다.

*　　　*　　　*

한참 술자리의 분위기가 무르익어갈 즈음 그녀 역시 슬슬 술에 취해갔다.

마력으로 알코올을 분해시킨다면 술에 취하지 않을 수도 있었지만 그녀는 일부러 그러지 않았다.

주변이 온통 게임 플레이에 대한 얘기로 물들어 있었기 때문에 상당히 기분이 좋아진 탓이다.

더군다나 오늘은 길드의 총무가 직접 디자인하고 주문 제작한 길드 양말을 선물로 돌렸다.

길드 마크가 새겨진 양말을 두 개나 받으니 새삼 기분이 더 좋아졌다.

"얼마 전에 있었던 쟁(전쟁)에서 우리 부길마가 아주 적을 다 쓸어버린 것 기억나십니까?"

"아하! 기억나지요! 그때 아주 대단했지!"

"역시 주기적인 현질을 미덕으로 삼은 사람은 뭐가 달라도 다르다니까!"

"도대체 스킬을 어떻게 올리는 거예요? 아님 장비 세팅이 다른 건가?"

"그건……."

이곳에 모인 사람들은 모두 직장에서 중요 직책을 맡고 있거나 상위 직업군에 속하는 사람들이다.

개중에는 요즘 한창 주가를 올리고 있는 중소기업의 오너도 있고 초대형 클럽의 사장도 있었다.

게임 자체가 너무 고가의 아이템이 많다 보니 최상위 클래스에는 돈을 많이 버는 사람들이 상당수 포진해 있었다.

더군다나 로이드는 게임 랭킹 1위에 빛나는 길드 마스터였기 때문에 길드의 입단 자격을 상당히 엄격하게 제한했다.

매너와 여유가 없는 사람들은 길드원으로 받아들이지 않았다.

물론 그가 정한 입단 자격에는 재력과 직업군 제한이 없었지만 자동적으로 비슷한 부류의 사람이 모여들었다.

이들은 사회에서 받는 엄청난 스트레스를 게임으로 푸는 사람들이기 때문에 게임 내에선 다소 호전적인 모습을 보였다.

하지만 게임의 질서를 잘 지키고 룰을 준수하기 때문에 항상 매너를 잃지 않았다.

그 모습은 실제의 모임에서도 잘 드러났다.

이들은 서로에게 깍듯이 매너를 지키고 선을 넘지 않는 선을 잘 유지했다.

찬미는 지금과 같은 분위기가 너무나도 좋았다.

로이드는 그런 그녀에게 오늘 번외 일정에 대한 견해를 물었다.

"어때요? 나오길 잘했죠?"

"네, 아주 좋아요! 부캐(주력 캐릭터를 제외한 캐릭터)를 키우는 데 필요한 지식도 얻고 길드원들끼리 화합도 도모하고 아주 좋네요."

"언젠가 당신에게 이곳을 소개하고 싶었습니다. 게임은 온라인이 아니라 오프라인에서도 계속된다는 것을 알려주고 싶었지요."

"고마워요. 이런 세계가 있다는 것을 알려줘서요."

"후후, 사부로서 당연한 일이지요."

두 사람이 함께 붙어 앉아 대화를 나누자 주변에서 부러움 섞인 야유가 쏟아졌다.

"우우우! 홍일점을 빼앗다니! 길마를 몰아내자!"

"와아아아아!"

"하, 하하하! 왜들 그래요? 술이나 마십시다!"

"원샷!"

오늘은 어지간해서는 잘 웃지 않는 로이드마저 분위기에 흠뻑 취해 술잔을 넘겼다.

그녀는 이런 시간이 오래도록 지속되었으면 하고 바랐다.

*   *   *

술자리의 중간, 그녀는 잠시 화장실이 급해 자리를 떴다.

길드원들은 지금 한창 장비의 속성과 그에 대한 상성을 논하고 있었기 때문에 누구 하나 그녀가 없어진다고 크게 신경 쓰지 않았다.

차마 분위기를 깰 수 없어 참고 또 참았더니 이젠 아랫배가 터질 것 같았다.

"으윽."

찬미는 간신히 술집 화장실에 도착했다.

하지만 술집 화장실 변기에는 누군가 술을 마시고 쏟아낸 토사물이 잔뜩 널려 있다.

"우, 우웩! 안 되겠어!"

이내 화장실에서 나온 그녀는 아르바이트생을 붙잡고 물었다.

"화, 화장실에 나주 난리가 났어요! 다른 화장실은 없나요?"

아르바이트생은 난감한 표정으로 답했다.

"또 화장실이……. 그런데 어쩌죠? 화장실은 밖에 있는 공중화장실뿐인데."

"아, 알겠어요!"

이윽고 건물을 빠져나온 찬미는 둔산동 시가지 외곽에 있는 공원 화장실로 전력을 다해 달렸다.

한 걸음 내디딜 때마다 장을 가득 채우고 있던 찌꺼기가 꿈틀거리는 것 같았다.

"아, 안 돼!"

가까스로 내용물이 쏟아지는 걸 막은 그녀는 드디어 화장실 앞에 섰다.

"오, 오오……!"

이윽고 간신히 화장실에 도착한 그녀는 참았던 내용물을 한 번에 모두 쏟아냈다.

한차례 힘을 주고 나니 이제 좀 살 것 같았다.

"후우, 살았네."

그녀가 행복한 얼굴로 화장실에서 볼일을 보고 있는데 옆 칸에서 아주 다급한 소리가 들려왔다.

"저, 저기요……."

"네?"

"화장지가 없어서 그런데 거기 화장지 있으면 좀 주시겠어요?"

"네, 잠시만……."

그녀는 화장지를 뜯기 위해 두루마리를 풀었다.

또르르르.

하지만 두 사람이 나누어 쓰기엔 너무나 애매한 양이다.

"어, 어어……."

"왜 그러시죠? 무슨 문제라도……."

"제 칸에도 휴지가 얼마 없네요. 일단 저 먼저 해결하고 나서 사람을 불러올게요."

"하, 하지만 이곳은 공중화장실인데요?"

"아아⋯⋯."

공중화장실을 관리하는 사람은 구청이나 시청에서 파견될 사람일 테니 내일 아침까진 당연히 오지 않는다.

아무리 사람 좋은 찬미이지만 밑을 닦아야 할 휴지를 나누어줄 수 있을 만큼 도량이 넓지는 않았다.

"미안해요. 저도 닦아야 하기에⋯⋯."

"제발요. 벌써 30분째 앉아 있었더니 다리가 저려서 죽을 것 같아요."

"그럼 양말로⋯⋯."

"흑흑, 팬티스타킹을 신고 있어서요."

"저, 저런⋯⋯."

그녀의 딱한 사정을 듣고 있자니 마음이 짠해지는 찬미다.

"어쩌지?"

"흑흑, 제발요."

순간, 그녀는 자신의 핸드백에 들어 있는 길드 양말을 떠올렸다.

"저⋯ 괜찮으시다면 이 양말이라도 쓰시겠어요? 아까 두 개를 받아서 하나를 드려도 상관없을 것 같아서요."

"야, 양말이요?"

"제가 신던 것은 아니고요. 방금 전에 길드원들에게 선물로 받은 거예요."

"기, 길드요? 아무튼 감사합니다!"

그녀는 찬미가 건넨 양말을 받아서 볼일을 해결했다.

이제 두 사람은 자리에서 일어나 각자의 길을 가려는 찰나였다.

바로 그때였다.

"저, 저기……."

방금 전 양말을 받은 그 여자 말고 다른 여자의 목소리가 들려왔다.

옆 칸에 사람이 있다는 사실을 전혀 몰랐던 그녀들은 동시에 대답했다.

"네, 네?"

"네?"

"누가 양말 주인이신지는 모르겠지만 저도 양말 좀 주시면 안 될까요? 전 40분째 이러고 있어요. 흑흑! 이젠 다리가 저려서 아무런 느낌이 없을 정도라고요."

딱한 그녀의 사정을 듣고 나니 양말을 주지 않을 수 없었다.

"그럼 이거라도……."

"가, 감사합니다!"

찬미에게서 양말을 받은 그녀는 재빨리 밑을 닦고 나와 감사의 인사를 전했다.

"저, 정말 감사합니다. 이 은혜를 어떻게 갚아야 할지……."

"괜찮아요. 어려운 사람이 있다면 당연히 도와야지요."

그녀는 찬미에게 명함을 한 장 건넸다.

[공인회계사 이영옥]

양말을 받고 나서 명함까지 건넨 그녀는 아주 수줍게 고개를 숙였다.

"괜찮으시다면 나중에 제가 식사라도 대접할게요."

찬미는 일단 고개를 가로저었다.

"아, 아니요. 전 괜찮은데……."

"그러지 마시고 대접할 기회를 주세요. 아참, 괜찮으시다면 명함 한 장 받을 수 있을까요? 제가 연락드릴게요."

그녀가 연신 고개를 숙이는 통에 찬미는 어쩔 수 없이 자신의 명함을 건넸다.

"여기……."

[이수자동차 기업 개발이사 김찬미]

찬미의 명함을 받은 그녀는 그것을 잘 갈무리하곤 또다시
고개를 숙였다.

"정말 죽을 뻔했는데 구사일생했어요. 정말 감사합니다."

"아니요. 뭘요."

"제가 내일쯤 연락을 드릴 테니 식사라도 함께해요. 어차
피 이수자동차라면 이곳에서 그리 멀지도 않은걸요."

"아, 네."

이영옥이라는 여자는 기어코 약속까지 받아내고 나서야
자신의 갈 길을 갔다.

그때 자신의 갈 길을 가려던 찬미는 또 다른 여자의 인사를
받았다.

"고마워요. 다리가 저려서 혼났네요."

"아니요. 뭘요."

"괜찮다면 저도 식사를 대접하고 싶은데……."

"네?"

"혹시 실례가 되었다면……."

찬미는 한 사람의 식사 제안만 받으면 결례가 될까 봐 그녀
의 제안도 흔쾌히 수락했다.

"알겠어요."

"저, 정말요? 그럼 명함을 교환해도 괜찮을까요?"

"그래요."

그녀가 먼저 찬미에게 명함을 건넨다.

[변호사 차유라]

겉보기엔 20대 초반으로 보이는데 변호사라니, 상당히 의외라는 생각이 든다.

"제 사무실도 이 근처에 있으니 적당한 시간에 만나면 되겠어요."

"그래요, 그럼."

"내일 연락드릴게요. 그럼."

차유라 역시 길을 나섰고, 찬미도 다시 호프집으로 돌아갔다.

*　　　　*　　　　*

다음 날 아침, 찬미는 동시에 두 여자에게서 문자를 받았다.

공원 공중화장실에서 만난 그녀들은 생각보다 아주 적극적으로 그녀에게 식사를 대접하겠다고 말했다.

이미 잡은 약속을 미룰 수도 없는 노릇이라 그녀는 하는 수 없이 두 사람을 점심과 저녁에 걸쳐 만나기로 했다.

정오가 다 되어갈 무렵, 둔산동에서 회계사 사무실을 운영한다는 이영옥이 이수자동차 앞으로 마중을 나왔다.

남자도 아닌 여자의 마중을 받으면서 식당가로 향하는 느낌은 아주 색달랐다.

그녀는 자동차에 탄 찬미에게 이런저런 질문을 건넸다.

"개발이사라니, 나이도 저와 비슷한 것 같은데 대단하시네요. 자동차 기업의 개발이사라면 분명 대단한 스펙을 가지고 계실 텐데요."

"아니요. 그렇지도 않아요. 그냥 사장님께 이런저런 기술을 배운 덕분에 이사 직함을 받은 것뿐이에요. 만약 사장님의 가르침이 없었다면 기술이사가 될 수 없었을 거예요."

"아무튼 능력이 있으니 요직을 주었을 거잖아요. 멋있네요."

"별말씀을요."

찬미 역시 그녀가 상당히 어린 나이에 공인회계사가 되었다는 사실에 놀랐다.

"그나저나 영옥 씨도 그 나이에 드물게도 공인회계사가 되셨네요."

"후후, 관운이죠. 대학에서 필요 학점을 받자마자 바로

CPA를 봐서 합격했어요."

"우와!"

"정말 운이 좋았어요. CPA는 공부만 잘한다고 되는 것이 아니거든요. 심지어 저는 학점도 아주 아슬아슬하게 받았고 학기도 커트라인에 걸칠 정도만 이수해서 남들에 비해 아는 것도 별로 없어요. 당연히 모의고사 성적도 형편없었고요. 그런데 시험에 붙은 것은 정말로 운이 좋았던 거예요."

"운도 실력이라고 하던데. 아무튼 대단하시네요."

"아니요. 별말씀을요."

서로의 얼굴에 적당히 금칠을 해주고 나니 그녀가 예약한 패밀리 레스토랑에 도착했다.

찬미는 둔산동에 위치한 패밀리 레스토랑의 간판을 보자마자 아주 부담스럽다는 듯이 웃었다.

"레, 레스토랑……."

"이건 순전히 오늘 제가 빠네를 먹고 싶어서 정한 거예요. 실례가 되었다면 사과드릴게요."

"아, 아니요. 그런 뜻이 아니라……."

"일단 갈까요?"

찬미는 무작정 손을 잡아 이끄는 그녀의 페이스에 말려들어 계속해서 끌려다닐 수밖에 없었다.

"전 빠네요. 찬미 씨는요?"

"전⋯ 치킨도리아요."

"에이, 여긴 빠네가 더 맛있어요. 빠네로 드세요."

"네, 네?"

"저기요!"

"예, 손님!"

"여기 미트소스 스파게티 빠네 2인분 주세요."

"알겠습니다."

화장실 사건 이후 처음 보는 찬미를 완벽하게 무시하는 행동이라고 할 수 있었다.

지나치게 마이페이스인 그녀는 그것이 잘못하면 결례가 될 수도 있다는 사실을 잘 모르는 것 같았다.

그러나 거절을 못하는 성격인데다가 오늘의 식사는 호의에 의한 답례이니 어쩔 수 없이 찬미는 그녀의 의견에 따랐다.

이윽고 뜨겁고 느끼해 보이는 빠네가 두 사람 앞에 모습을 드러냈다.

"으음! 맛있겠다. 드세요."

"아, 네."

느끼한 것을 잘 못 먹는 찬미이기에 스파게티는 아주 쥐약이었다.

거기에 양까지 무식하게 많으니 그야말로 고문을 당하는

수준이다.

그러나 찬미는 상대의 호의를 무시할 수는 없어 억지로나마 스파게티를 먹어치웠다.

*   *   *

그날 저녁, 찬미는 또 다른 약속을 위해 둔산동 지하철역 앞으로 향했다.

경찰서 맞은편에 있는 지하철역이지만 유동 인구가 상당히 많은 편이다.

붐비는 사람들을 스쳐 보내며 약 20분가량 기다리고 있는 그녀의 앞에 차유라가 헐레벌떡 달려왔다.

"허억허억! 제가 좀 늦었죠? 죄송해요!"

"아니요. 괜찮아요."

"제가 사무실을 차린 지 얼마 안 되어서 뭘 해도 늦네요. 일을 처리하다 보니 정신을 놓고 그만……"

"저도 금방 왔어요. 마음 편히 가지세요."

"그럼 다행이고요."

찬미 역시 조금 방어적인 성격이지만 차유라는 그보다 훨씬 더 방어적이고 내성적이었다.

말끝마다 자꾸 말꼬리를 흐려서 평상시의 말투가 마치 죄라도 지은 사람 같았다.

그런 그녀를 따라서 함께 저녁을 먹자니 여간 힘든 일이 아닐 듯했다.

"저, 좋아하시는 음식이라도……."

"전 아무거나 잘 먹어요. 유라 씨가 좋아하는 것으로 먹을게요."

"전 고기를 좋아하지만 건강상 잘 먹지 않고, 그래서 찬미 씨를 따르려고 하는데……."

"그, 그럼 전……."

언젠가 찬미는 남자들이 여자들과의 데이트에서 식사 메뉴 결정에 애를 먹는다는 소리를 들은 적이 있다.

그녀는 어째서 남자들이 걸핏하면 스파게티나 스테이크를 먹자고 하는지 알 것 같았다.

"스, 스파게티 어때요?"

"미트소스라면 좋지요. 괜찮으시겠어요?"

"무, 물론이죠."

그녀는 경찰서에서 아주 가까운 레스토랑을 지목했다.

"저기… 저기가 좋겠네요. 어떠세요?"

유라가 가리킨 곳은 오늘 찬미가 점심부터 엄청난 양의 빠네를 먹은 바로 그 레스토랑이었다.

'이, 이런…….'

생각 같아선 절대로 저곳에 가고 싶지 않았지만 도저히 그녀의 제안을 뿌리칠 수 없었다.

"조, 좋네요."

"그럼 갈까요?"

"그, 그러시죠."

결국 찬미는 유라의 손에 이끌려 또다시 패밀리 레스토랑으로 들어갔다.

하는 수 없이 그녀를 따라 걷는 동안에도 찬미는 계속해서 유라의 표정을 살폈다.

그녀는 아까부터 계속 찬미의 눈치를 보다가 뭔가 일이 틀어지려는 순간이면 울상을 지었기 때문이다.

'남자들은 이런 여자들을 도대체 어떻게 만나는 걸까?'

찬미가 원래 천생 여자와 같은 성격은 아니지만 그렇다고 마냥 선머슴 같은 스타일도 아니다.

그런 그녀가 보기에도 유라는 도저히 감당하기 힘든 스타일이라는 생각이 들었다.

이윽고 도착한 레스토랑은 똑같은 풍경에 똑같은 냄새를 풍겼다.

'지겹군.'

하지만 어쩔 수 없는 일이다.

"어서 오십시오. 몇 분이십니까?"

"두 명이요."

"이쪽으로 오시지요."

직원을 따라 식당 안쪽으로 들어간 찬미는 아까와 같은 자리를 배정받았음에 인상을 구겼다.

"으, 으음."

"무슨 문제라도……?"

"아, 아니요. 괜찮아요. 잠깐 사레가 좀 들려서……."

"그렇군요."

생각 같아선 확 이곳을 뛰쳐나가고 싶었지만 그러기엔 유라의 성격이 너무나 유약해 보여 차마 그럴 수가 없었다.

"오늘의 특선 메뉴는 미트소스 빠네입니다. 어떤 것으로 드릴까요?"

심지어 점원은 눈치도 없이 오늘 점심에 그녀가 먹은 메뉴와 똑같은 것을 추천했다.

스파게티를 먹으러 온 유라이기에 지체하지 않고 고개를 끄덕인다.

"전 좋아요. 찬미 씨도……."

"아, 네. 저도 좋아요."

"그럼 이걸로 2인분 주세요."

"알겠습니다. 조리 시간은 약 20분 정도 예상됩니다. 괜찮으시죠?"

"네."

이윽고 점원이 돌아서 주방으로 들어가자 유라가 쑥스럽다는 듯이 웃었다.

"괜찮았어요?"

"네? 뭐가……."

"점원에게 직접 주문한 것이 처음이라서 괜찮았는지 모르겠네요. 어땠나요?"

음식을 주문하는 데 괜찮고 자시고가 어디 있냐는 생각이 들었지만 그녀는 어쩔 수 없이 고개를 끄덕였다.

"아, 아하하하! 좋았어요. 제가 본 것 중에 최고의 주문이었어요."

"저, 정말요?"

"그렇고말고요!"

"다행이네요. 전 처음이라 어색하면 어쩌나 하고 걱정했거든요. 다행이다."

찬미는 어째서 자신이 지금 이 자리에 앉아 그녀의 비위를 맞춰주고 있는지 도무지 이해를 할 수 없었지만 물은 이미 엎질러진 후였다.

그녀는 이곳에서 유라의 눈치를 보면서 지겹고 지겨운 빠네를 먹어야 할 처지에 놓이게 되었다.

　　　　　*　　　　*　　　　*

　그녀들과의 억지 데이트(?) 마치고 난 후 찬미는 화수와 로
이드를 찾았다.

　그들은 가오동의 한 어묵전문점에서 청주를 마시고 있었
다.

　찬미는 한달음에 그들이 있는 술집으로 향했다.

　술집에 도착하니 베네노아와 리처드도 함께 있었다.

　"어어! 여기입니다!"

　찬미는 로이드가 손을 들어 위치를 알리자마자 테이블로
성큼성큼 다가와 맥주잔을 잡았다.

　그리곤 마치 사막에서 며칠 헤맨 사람처럼 벌컥벌컥 맥주
를 들이켜기 시작했다.

　꿀꺽꿀꺽!

　"크하아!"

　아주 걸쭉한 감탄사가 흘러나오자 네 사람은 자신들도 모
르게 박수를 쳤다.

　짝짝짝짝!

　"브, 브라보!"

　"젊은 아가씨가 술도 잘 마시는군. 술은 어디서 배웠습니
까?"

그녀는 남자들이 가득한 테이블을 보자마자 행복한 미소를 지었다.

"이제야 좀 살 것 같네요! 오늘 하루 종일 여자들에게 시달렸더니 머리가 터져 버릴 것만 같아요!"

"그게 무슨 소리입니까?"

찬미는 일행에게 오늘 있었던 일에 대해 차근차근 설명해 주었다.

그러자 그들은 일제히 웃음을 터뜨렸다.

"하하하! 그런 일이 있었군요!"

"원래 여자라는 생물이 좀 복잡합니다. 찬미 씨도 그건 아주 잘 알고 있을 것 같은데요?"

"그렇긴 하지만… 하여간 오늘처럼 남자들이 대단하다고 느낀 적은 또 처음이네요. 어떻게 저런 여자들의 비위를 맞춰 가면서 매일 데이트를 할까요?"

이곳에서 가장 연장자인 베네노아가 연륜이 묻어나는 투로 말했다.

"후후, 이를테면 번식을 위한 몸부림이라고나 할까요?"

그의 설명이 너무나 적절했는지 나머지 남자들 역시 격하게 공감했다.

"하긴, 그건 그렇군요. 번식에 대한 욕구가 아니면 그렇게 비위를 맞출 필요가 없죠."

"이야, 이사님의 비유는 따라갈 자가 없네요."

"나이가 나이인만큼 여자라면 아주 지긋지긋하지."

화수는 그녀에게 맥주를 한 잔 더 권했다.

"생맥주로 한 잔 더 시켜줄까요?"

"좋지요!"

"이모, 여기 맥주 한 잔 더 주세요!"

시원시원한 남자들의 술자리에 낀 그녀는 더없이 행복한 표정을 지었다.

"그래, 이게 바로 편안함이라는 것이지!"

눈치를 볼 필요도 없고 가식을 떨 필요도 없다.

사회생활에서 눈치는 필수불가결한 것이지만 사석에서까지 눈치를 본다면 정말이지 머리가 터져 버릴 것이다.

"자, 한 잔 합시다."

"건배!"

화통하게 잔을 부딪치고 난 후엔 알아서 주량껏 술을 마시는 것이 미덕이다.

하지만 그녀는 오늘 불이 난 마음을 진정시키기 위해 맥주를 사정없이 들이켰다.

꿀꺽꿀꺽!

그런 그녀에게 눈치를 주는 사람이 없었기에 얘기는 물 흐르듯이 다시 흘러가기 시작했다.

그녀 역시 그들의 대화에 끼어들기 위해 본격적으로 귀를 기울였다.

하지만 그녀는 자신의 핸드폰이 울려 무심코 고개를 돌릴 수밖에 없었다.

지이이잉!

[이영옥]

순간, 그녀는 인상을 와락 구겼다.

"지겹지도 않은가."

그녀는 메시지의 내용을 읽지도 않고 삭제해 버렸다.

그리고 잠시 후, 그녀의 핸드폰이 또다시 울렸다.

지이이이이잉!

[차유라]

급기야 그녀는 경기를 일으켰다.

"우, 우와아아악!"

"뭐야? 무슨 일입니까?"

꿈에 나올까 무서운 그녀의 문자가 찬미는 공포영화보다 더 괴기스러웠다.

"그냥… 술이나 마셔요, 우리."

"그, 그러시죠."

그녀는 오늘 일을 잊기 위해 술을 들이켰다.

6장

포뮬러 레이싱에
참가하다

이수자동차의 유럽 시장 공략이 시작되었다.

지금까지 이수기업은 다사다망한 나날을 보내왔기에 유럽 시장 진출에 대한 기대가 더욱 컸다.

하지만 유럽 시장에 진입하는 것은 맨발로 알프스 산맥을 넘는 것만큼이나 힘든 일이었다.

유럽 전체가 거대한 자동차 공장과도 같은 유기적 관계에 놓여 있기 때문에 그 어느 한 곳을 파고들기가 상당히 애매했다.

독일이나 프랑스, 영국 같은 자동차 강국에선 선진 기술력을 보유했고 그에 합당한 네임드를 가지고 있었다.

또한 스페인이나 스웨덴같이 하이테크 부품 기술력을 갖춘 생산 기지들 또한 자동차 산업이 주력이라고 할 수 있었다.

2009년만 해도 일본 자동차 산업이 세계 1위라는 소리를 듣고 있었지만 지금은 그 판도가 조금씩 기울어지는 추세다.

기계 명가라 불리는 독일의 추격이 거세짐에 따라 일본의 시장점유율이 조금씩 밀리고 있었던 것이다.

자동차 산업에 대해선 완벽한 레드오션인 유럽이기 때문에 아무리 기술력이 좋은 이수자동차라고 해도 그 시장을 뚫기가 쉽지 않았다.

화수가 일본 시장 공략에 일부분 성공한 것은 순전히 한국이라는 지리적 이점과 하이브리드 시장의 블루오션을 잘 파고들었기 때문이다.

물론 현재 유럽의 자동차 산업이 에코화되어 가는 것은 사실이나 자동차 자체의 네임드가 떨어지다 보니 자연스레 뒤처질 수밖에 없었다.

하지만 레드오션 시장인 자동차 업계에서 떨어져 나가지 않고 버티려면 그에 대한 근성은 필수였다.

화수가 가장 먼저 공략을 시도한 곳은 핀란드였다.

핀란드는 자동차 산업이 비교적 발달하지 못한 나라이지

만 레저와 스포츠가 상당히 발달했다.

그 때문에 자동차에 대한 이벤트와 관심도가 높아서 북유럽에서 공략하기 가장 좋으면서도 시장 자체가 상당히 큰 나라였다.

핀란드는 GDP(국내총생산)은 세계 41위에 1인당 개인소득은 14위다.

위의 지수로 미뤄볼 때 핀란드는 개인소득이 상당히 높고 국가의 복지 수준도 높다.

그렇기 때문에 자동차에 대한 구매력이 상당히 좋다고 할 수 있었다.

하지만 화수가 이곳에 지사를 설립하는 데 있어 핀란드 정부의 조건 몇 가지를 수락해야 했다.

우선 화수는 핀란드 주재의 은행에 계좌를 설립하고 내수 자금을 우선적으로 사용해야 한다는 조건을 받았다.

즉 기업은 한국 계열이지만 자금 출자는 무조건 핀란드에서 행해져야 한다는 것이다.

이 조건에 들어간 특약은 한국 계열 자금 60%에 핀란드 자금 40%였다.

한마디로 이수자동차를 다국적 기업으로 보고 있지만 그 지사는 핀란드에서 좌지우지하겠다는 것이다.

상당히 불리한 조건이었지만 시장만 잘 공략하면 별다른

문제가 없는 사항이었다.

핀란드 정부의 인허가 최종 심사를 받기 위해 헬싱키에 위치한 정부청사를 찾은 화수가 심사관들 앞에 앉았다.

그들은 화수에게 이것저것 질문했다.

"귀사의 뛰어난 기술력에 대해선 익히 들어 알고 있습니다. 그럼에도 불구하고 가격을 조금 낮춰서 출시한 것은 무슨 이유이지요?"

"기술력은 높습니다만 생산 단가는 다른 회사들에 비해 낮기 때문에 가능한 일이지요. 저희 회사는 남들보다 뛰어난 자동차를 남들보다 낮은 가격에 공급한다는 것이 사훈입니다. 때문에 고도의 기술력을 집약시키면서도 생산 단가를 낮추는 데 초점을 맞추고 있지요."

"으음, 과연. 그렇기 때문에 고도의 기술력을 갖출 수 있는 것이군요."

"예, 그렇습니다."

이번에는 조금 깐깐하게 생긴 심사관이 화수에게 질의했다.

"그럼 우리가 내건 계약 조건을 수락하면서까지 유럽 시장을 공략하는 것은 무슨 이유이지요?"

"자동차 산업의 메카는 뭐니 뭐니 해도 유럽입니다. 저는 자동차 산업에서 성공하자면 조금 더 큰물에서 살아남아야 한다고 생각했습니다. 그러는 동안 저에게도 남는 것이 있을 것이고, 그것을 바탕으로 회사가 조금 더 성장한다고 굳게 믿고 있습니다."

"그렇군요."

외국 계열 회사에게 지사 설립을 허락하는 것은 크게 어려운 일이 아니지만 자동차 산업과 같이 국민의 생명과 관련된 일은 국가의 비준이 필요했다.

이 조건으로 미뤄봤을 때 지금 이들이 내건 계약 조건은 일종의 시험이었다.

우량 기업의 조건은 뛰어난 매출과 적절한 부채의 비율에 있었다.

이들은 이수기업이 핀란드에 들어와서 과연 얼마나 좋은 부채 비율을 유지할 수 있는가를 평가하려는 것이다.

핀란드의 산업 자체가 상당히 특이한 구조를 갖고 있기 때문에 글로벌 기업이 진출하는 데 큰 어려움은 없었다.

하지만 그 기업이 자국에 이득을 줄지 말지에 대해 심사하는 것은 상당히 엄격했다.

화수는 그에 대한 자격시험을 치른 것이다.

"좋습니다. 지사 설립을 수락하겠습니다."

"감사합니다."

이제 핀란드 진출에 첫발을 내디뎠지만 해야 할 일은 태산 같았다.

*   *   *

유럽 시장 공략의 본부가 될 핀란드 지사는 라우마에 세워질 예정이다.

핀란드 라우마는 구 시가지로 유명한 항구도시로 한국계 조선소가 위치해 있다가 최근에 폐쇄 결정을 내렸다.

덕분에 라우마 조선소에 근로하던 약 800명의 근로자가 일시 해고 상태에 놓이게 되었다.

라우마에서 철수하고 나면 기반 시설은 일부 한국으로 옮기고 나머지는 핀란드 지사에 있는 타 공장으로 옮겨질 것이다.

조선소가 철수함에 따라 임시 실직 상태에 놓인 인부들은 철수 반대를 주장하는 가두시위를 벌였다.

때문에 지금 한국계 기업이 핀란드에 정착한다는 것은 상당히 어려운 일이 되어버렸다.

이수기업 핀란드 지사가 세워질 라우마를 찾은 화수는 부동산 공인중개사에게 높이 5층에 건평 500평의 건물을 분양받았다.

이곳의 가격은 수도 헬싱키에 비해 약 3분의 1로 상당히 저

렴한 편에 속했다.

그러나 지금 막 가두시위가 시작되었기 때문에 구직자를 구하기가 그리 만만치는 않을 것으로 보였다.

앞으로 유럽에 공장을 설립해야 하는 화수로선 아주 난감한 일이었다.

"ST사는 라우마 지사 철회를 철회하라! 철회하라!"

"철회하라! 철회하라!"

이곳의 시위는 아주 평화로운 편이었다.

피켓을 들고 가두행진을 벌이는 것을 제외하면 큰 소란은 일으키지 않았다.

하지만 가두행진을 벌이고 있는 만큼 그 거리에 있는 화수를 곱게 바라보지 않는다는 것이 문제였다.

공인중개사 육카 리발은 화수를 바라보며 안타깝다는 듯이 말했다.

"시기가 좋지 않네요. 이 건물의 값이 꽤 만만치 않을 텐데 말이죠."

"그러게 말입니다."

"듣자 하니 좋은 자동차를 많이 만든다고 하던데, 힘내세요."

"고맙습니다."

분위기가 심상치 않게 돌아가고 있었지만 언제까지 넋을

놓고 있을 수는 없는 노릇이었다.

그는 지사를 세울 건물에 들어갈 집기들과 인력을 한국에서 조달해 오기로 했다.

*   *   *

화수는 황방이 가지고 있던 러시아와 중국 소재의 물류창고를 인수했다.

그들이 가지고 있던 철광석을 받으면서 물류창고까지 통째로 인수받았는데 그 규모가 생각보다 컸다.

이곳에 적재할 수 있는 자동차 수량은 약 5만 대로 부품으로 쪼갰을 때는 그 수치가 약 1.5배 증가한다.

장원은 이수자동차를 적극적으로 후원하고 있기 때문에 중국은 당분간 이수기업의 전진물류기지가 될 것이다.

그리해서 전진기지로 모여든 물량은 중국 횡단열차를 타고 러시아를 건너 핀란드까지 올 수 있었다.

그렇게 된다면 이곳에서 자동차를 조립해서 유럽 전역으로 보낼 수 있다는 소리였다.

화수는 핀란드에 조립공장을 세우고 이곳에서 차량을 완성해서 판매할 계획을 세웠다.

핀란드 정부와의 협상이 끝나고 난 지 약 이 주일 만에 초도 물량을 완성시킨 화수는 핀란드 전역에 있는 자동차 영업소에 시승 모델을 지급했다.

화수가 핀란드로 보낸 자동차의 초도 물량은 약 1만 대 분량으로, 이것은 최근 일본과 한국에서 거둔 이수자동차의 초기 영업 실적과 같은 분량이었다.

지금 일본과 한국 영업소의 계약 실적은 그보다 훨씬 높아졌지만 그것은 안젤리카의 스타 마케팅이 성공한 이후였다.

핀란드는 안젤리카의 후광이 조금 덜 미치는 곳이니 계약 건수 1만 건을 채우는 것은 생각보다 힘들 것이다.

때문에 화수는 이 물량을 유럽 전역으로 보내기 위해 초도 물량을 1만 대로 잡은 것이다.

1차 거리 시판이 열리는 날, 이수자동차 직원들은 직접 시승 카를 가지고 나와서 핀란드 시민들에게 시승 기회를 주었다.

이번에 화수는 복합 하이브리드 소형차 바이브를 출시했는데, 일본에서의 반응이 상당히 좋았다.

하지만 핀란드 국민들의 입맛은 그와는 정반대인 듯했다.

핀란드 국민들은 준대형 세단 엡솔루트나 초대형 SUV 히어로에 많은 관심을 보였다.

시승에 몰린 사람의 인파는 꽤 많았고, 이수자동자 영업사원들은 바쁘게 움직였다.

화수가 영업을 총괄하고 있는 로이드에게 물었다.

"이번 계약 건이 얼마나 잡힐 것 같아?"

"글쎄요. 이 정도 추세라면 적어도 1만 대 계약 건은 조만간 어렵지 않게 달성할 수 있지 않을까 하고 조심스럽게 추측하는 중입니다."

"으음."

다른 국가들에 비해 사람들의 관심이 더 많이 쏠린다는 것은 분명히 좋은 일이다.

하지만 어쩐지 화수는 뒤끝이 썩 개운하지 않다는 느낌이 들었다.

"일단 핀란드에선 비교적 무난하게 영업이 가능할 것 같으니 다른 국가들로 차량을 보낼 수 있는 방법을 마련해 보는 것이 좋겠습니다."

"그래, 알겠어. 세관을 통과해 영업할 수 있는 방법이 있는지 확인해 볼게."

"예, 형님."

화수는 스웨덴과 러시아로 보내기 위한 물량 준비에 들어갔다.

*   *   *

핀란드 시장을 공략하고 나니 다른 국가들로 진출하여 지사를 설립하는 것은 크게 어려운 일이 아니었다.

유럽은 EU의 존재 덕분인지 국가 간의 상호 교류나 경제 협력이 상당히 긴밀한 편이었다.

핀란드를 시작으로 스위스, 스웨덴, 스페인 등 20개가 넘는 국가에 영업소를 건립할 수 있는 자격을 얻게 되었다.

그중에는 자동차의 명가 독일과 영국도 포함되었다.

하지만 화수가 이들 국가에 자동차 영업소를 차릴 수 있었던 것은 핀란드가 내세운 계약 조건과 같은 조건으로 심사에 통과했기 때문이다.

아주 불리한 조건으로 영업소 건립을 비준 받은 화수였기에 현재 유럽 지사에 쌓이고 있는 부채의 양이 상당했다.

이제 슬슬 광고 효과를 보고 있긴 했지만 아직까지 이렇다 할 영업 이득을 보지 못해 부채 비율을 낮추는 데 전력을 다할 수밖에 없었다.

베네노아와 찬미는 화수의 이런 전략에 대해 우려의 목소리를 냈다.

화수를 따라서 유럽에 온 베네노아는 자신도 같은 생각으로 유럽 지사 건립을 주장했지만 결과가 무척이나 석연치 않은 듯했다.

"아무래도 부채 비율이 너무 아슬아슬한 것 아닌가 싶습니다."

"안 그래도 저 역시 비슷한 생각을 하고 있었습니다. 부채 비율이 너무 높아서 잘못하면 지사 자체가 도산할 수도 있겠어요."

"하루빨리 영업 실적을 올려서 지금의 손해를 복구하는 수밖에요."

만약 이수자동차의 유럽 진출이 실패한다면 한국 본사에 속한 몇 개 계열사를 분리해서 매각할 수밖에 없다.

한국의 자금을 출자하는 데 제한을 받기 때문에 그 나머지 부채는 눈덩이처럼 불어서 한꺼번에 들이닥칠 것이 분명했다.

그렇게 되면 현재 한국에서 운행하고 있는 물류철도의 지분 역시 전량 매각해야 하는 상황이 올 수도 있었다.

하지만 유럽 진출 시도는 지금 이수자동차의 시장점유율 증가를 위해 꼭 필요한 과제였다.

애초에 다국적 기업으로 출발한 이수자동차이기 때문에 한국에서의 완벽한 정착을 기대하기가 힘들었던 것이다.

그렇다고 연비가 높은 차라고 해도 사람들이 지속적으로 구매할 리가 없기에 하루빨리 자리를 잡지 않으면 낭패를 볼 수도 있었다.

그러나 그 돌파구가 잘못하면 비수가 되어 날아올 수도 있다는 것이다.

"현재 핀란드의 영업 실적은 어떻습니까?"

"눈에 띄게 오르는 중입니다. 그나마 핀란드에서 사전 계약을 많이 따서 어느 정도 손해는 복구할 수 있을 것 같습니다."

"불행 중 다행이군요."

이제 막 자동차 몇 대를 출시했을 뿐인데 이렇게 맥이 빠지다니 화수는 앞으로 고생길이 훤히 열렸다는 것을 느꼈다.

"이제부터가 시작입니다. 긴장감을 갖고 일하다 보면 좋은 일이 생기겠지요."

"알겠습니다. 최선을 다하지요."

영국에서 마지막 계약을 끝낸 화수는 다시 계약한 역순으로 순회하여 핀란드로 향했다.

*   *   *

이수자동차는 핀란드 공영방송과 기타 케이블방송에 엡솔루트와 히어로에 대한 광고를 내보냈다.

그리고 전속모델 안젤리카가 촬영한 화보와 카탈로그를 제작해서 거리 홍보용으로 나누어 주었다.

그 밖에 기타 광고들을 이용하여 선전한 지 일주일, 드디어 효과가 나오기 시작했다.

계약 건수 0이었던 영업 실적이 일주일 만에 1천 건으로 뛰어오른 것이다.

하지만 문제는 상당히 엉뚱한 곳에서부터 시작되었다.

독일의 공영방송국 ARD에서 이수자동차의 스타 마케팅에 대한 다큐멘터리를 제작해서 황금시간대에 방송했다.

그런데 문제는 이들이 제작한 다큐멘터리에는 이수자동차의 경쟁력은 순전히 스타 마케팅에서 나온 거품이라는 것을 주제로 다루었던 것이다.

그 밖에 한국계 기업이 스타 마케팅으로 수익을 거두는 현상에 대해 신랄하게 비판했다.

이 다큐멘터리를 시작으로 프랑스와 영국 역시 비슷한 다큐멘터리를 제작해서 방송했다.

이들이 제작한 다큐멘터리는 이수자동차를 특정하여 만들어진 것은 아니었지만 다큐 대부분의 분량에 이수자동차의 이름이 언급되었다.

하지만 그것도 아주 직접적으로 언급된 것은 아니었기 때문에 고소를 할 수도 없었다.

또한 그들이 제작한 다큐멘터리는 엄청난 시청율과 다시보기 파일 다운 수를 기록했다.

그 이유는 이수자동차가 만든 자동차의 원리에 대해 아는 사람이 한 명도 없다는 것 때문이었다.

다큐는 과연 이수자동차가 만든 자동차가 정말 현재 하이브리드 기술을 뛰어넘는 것인지에 대한 의문점을 제기하면서 차근차근 그 심층 구조에 대해 설명해 나갔다.

하지만 마도학을 현대문명이 해석할 수 있을 리가 없기 때문에 당연히 자세한 설명은 불가능했다.

그들은 이 점을 이용해서 이수자동차에 대한 의혹을 증폭시켰다.

급기야 그것은 구매 취소와 영업 부진으로 이어지는 악순환을 만들어냈다.

화수는 황급히 방송국에 방송 자제를 요청했지만 이미 영상은 전 세계적으로 퍼진 후였다.

이것은 앞으로 이수자동차가 유럽은 물론이고 전 세계적으로 날개를 펼치기에 아주 좋지 않은 영향을 미칠 터였다.

핀란드에 위치한 이수자동차 본사.

이곳에 화수와 그의 측근들이 모두 모여 있다.

콰앙!

"젠장! 이런 빌어먹을 자식들!"

화수는 인터넷을 타고 급속도로 퍼지고 있는 영상을 내리기 위해 갖은 노력을 했다.

하지만 그것은 아무런 소용이 없었다.

베네노아는 이번 사태가 아무래도 독일의 M사와 C사가 합작으로 꾸민 것 같다고 말했다.

"유럽 전역에 걸친 그들의 시장점유율은 무려 70%가 넘습니다. 요즘 일본 차의 약진으로 인해 그들의 점유율은 상당히 커진 상태지요. 한데 자신들보다 더 뛰어난 기술력의 자동차가 들어오니 불안감을 느낀 겁니다."

"그래서 그런 다큐를 제작한 것이다?"

"만약 그런 이유가 아니라면 도대체 그들이 뜬금없이 그런 다큐를 제작할 이유가 있겠습니까?"

"으음."

로이드는 베네노아의 생각에 힘을 실어주었다.

"맞습니다. 제가 알기로 독일은 기계에 대한 프라이드가 상당히 높아서 국민들의 시선 자체가 아주 냉정하다고 들었습니다. 그런 독일 공영방송에서 굳이 타국의 무명 자동차를 이렇게 어처구니없이 짓밟을 리는 없다고 생각합니다."

"아마도 현재 그들이 겪고 있는 기술력 부진에 대한 화살을 우리에게로 돌리려는 것이겠지요."

"후우, 이것 참."

찬미는 이번 사태에 대해 이렇게 설명했다.

"인식이란 참으로 무서워요. 단숨에 우리 회사의 이미지가 이렇게까지 실추되다니요. 아마도 이 사태는 회사의 압력도 작용했겠지만 국민들의 프라이드가 가장 큰 역할을 했겠지요."

"우리는 베트남 계열 한국 회사이니까요?"

"아마도 그런 생각이 가장 클 거예요. 어쩌면 우리가 너무 섣불리 시장 공략을 시작한 것이 아닌가 하는 생각도 들고요."

가만히 이들의 대화를 듣고 있던 리처드가 입을 열었다.

"그런데 말입니다. 만약 이런 상황에 우리가 기술력을 입증하게 된다면 어떻게 될까요?"

"기술력을 입증한다?"

"이를테면 세계적인 대회에서 수상을 한다든가 하는 것 말입니다."

"하지만 그런 방법이 있겠어?"

리처드는 고개를 끄덕였다.

"있습니다. 레이싱은 세계 3대 스포츠 중의 하나입니다. 특히나 유럽은 레이싱에 대한 관심이 상당히 뜨겁습니다. 만약 우리가 F1에서 우승한다면 놈들의 코를 납작하게 해줄 수 있을 겁니다."

리처드의 이런 발상은 상당히 번뜩이는 아이디어였지만 현실과는 조금 괴리감이 있었다.

로이드는 리처드에게 지금 F1에 나갈 수 없는 이유에 대해 설명했다.

"F1에 들어가는 자금은 일반적인 대회와는 달라. 머신 하나를 개발하고 그것을 유지하는 데 들어가는 돈만 1억 달러가 넘어. 거기에 팀을 유지하는 데 들어가는 돈 또한 만만치 않지. 게다가 협회에 주어야 할 보증금도 있고. 아주 만약 우리가 팀을 운영한다고 해도 우승으로 인한 광고 수익을 얻지 못하면 회사 전체가 한 번에 수장할 수도 있어."

"하긴, 그건 그렇겠군."

두 사람의 대화를 경청하고 있던 화수는 고개를 갸웃거렸다.

"잠깐, F1에 들어가는 대부분의 돈은 머신을 개발하고 운영하는 데 쓰이는 거지?"

"그렇지요."

"하지만 만약 그 돈이 굳어서 아예 들어가지도 않는다면?"

"그렇다면야……."

"거기에 대형 스폰서를 우리가 유치해서 자금난을 해결한다면 어떻게 되겠나?"

로이드는 다시 한 번 고개를 가로저었다.

"그래도 문제는 있습니다. F1은 협회에서 발급한 슈퍼라이센서를 가지고 있어야 합니다. 그 라이센서는 경력은 물론이고 상당히 어려운 테스트를 통과해야 하지요."

"한마디로 머신을 개발해도 적합한 선수가 없으면 끝이다?"

"그렇습니다. 게다가 머신을 관리하고 경기를 진행하게 될 팀원들과 기술자를 구하는 것도 일이지요. F1은 상당히 복잡한 스포츠라서 도전하는 것조차 쉽지가 않습니다."

로이드의 설명을 듣는 동안 찬미는 연신 고개를 좌우로 저었다.

그것은 마도학자로서 F1에 출전해서 우승할 수 있다는 확신에 찬 의사 표현이었다.

"머신은 저와 사장님이 개발할 수 있어요."

"하지만 그건……."

"만약 우리가 머신을 개발하고 스폰서를 유치한다면 승산은 있는 거죠?"

"그건 그렇습니다만……."

아직 F1 그랑프리의 내년 참가 신청과 스폰서 선정이 끝나지 않았으니 충분히 시간은 있는 셈이다.

"저와 사장님이 머신을 개발할게요. 그러는 동안 여러분이 선수를 수소문하는 거예요. 어때요?"

"그, 그건 너무 갑작스러운……."

"그럼 어쩔까요? 이대로 도산해서 다들 집으로 돌아갈 차비도 없는 거지 신세로 전락할래요?"

찬미는 집안에서 버려진 콤플렉스를 안고 있었다.

만약 이곳에서의 패배로 인해 한국으로 떠밀려 난다면 더이상 돌아갈 곳이 없어지는 셈이다.

그녀의 이런 강력한 주장 덕분인지 베네노아와 로이드가 부정에서 긍정으로 돌아섰다.

"좋습니다. 한번 해봅시다."

"정말요?!"

"단, 형님과 이사님께서 머신을 시기적절하게 개발하신다는 전제 조건하에 말입니다."

"그거야 물론이죠!"

찬미의 설득에 조금은 의기소침해져 있던 화수가 다시 힘을 냈다.

"좋아. 그럼 F1에 참가하는 것으로 회의를 끝내고 움직입시다. 시간이 별로 없어요."

"예, 알겠습니다."

그리하여 이수자동차의 F1 레이싱팀 구축이 본격화되었다.

*   *   *

프랑스 리옹에 위치한 FOM 총사무국 건물 앞에 선 화수는 약속 시간보다 10분 늦게 베네노아의 지인을 만날 수 있었다.

베네노아는 FOM에서 일하는 자신의 지인을 화수에게 소개시켜 주어 조금 더 자세한 정보를 제공받고 참가 신청을 낼 수 있도록 했다.

오늘 만나기로 한 그는 이제 얼마 남지 않은 F1 그랑프리 준비로 눈코 뜰 새 없이 바쁜 나날을 보내고 있다고 했다.

"늦어서 미안합니다. 요즘 사무국이 아주 난리도 아니에요. 아시겠지만 이제 곧 그랑프리가 시작되거든요."

"아닙니다. 저희도 그렇게 오랜 시간 기다리지는 않았어요."

화수는 그와 함께 근처에 있는 카페로 향했다.

그는 이번 F1 그랑프리에서 생겨난 몇 가지 정보를 화수에게 제공했다.

"이번 대회에 독일 M사가 빠지기로 했어요. 원래 이들이 보유하고 있던 머신과 보유 시설 일체도 모두 경매에 내놓기로 했지요."

"M사요? 그 대기업이 회사를 경매에 내놓았다고요?"

독일 M사는 자동차의 명가로 화수가 판매하고 있는 외제차의 10%를 차지하고 있었다.

"아시다시피 F1은 돈이 꽤나 많이 드는 경기입니다. 그렇다고 아무나 심사 기준을 통과할 수도 없고요. 아마 그들은 매출 부진으로 인해 회사를 정리했을 겁니다."

"으음."

"F1에 아무 기업이나 참여할 수 없는 것은 단순히 기술력 때문만은 아닙니다. F1은 귀족 스포츠라고 불립니다. 그만큼 엄청난 돈이 들어가지요. 한 해에 쏟아붓는 돈이 평균 2억 달러를 훌쩍 넘긴다면 말 다 했지요?"

"엄청나군요."

"머신을 제작하는 데 들어가는 비용도 만만치 않지만 그것을 유지하는 비용도 꽤나 비쌉니다. 또한 FOM에 내야 하는 보증금도 무시할 수가 없고요. 한마디로 돈이 없으면 참여 자체가 불가능한 스포츠가 바로 F1이라고 보시면 됩니다."

그는 화수에게 이번 그랑프리에 이수자동차가 참여할 수 있는 부분에 대해 설명했다.

"이번에 해체된 팀은 어떤 회사가 흡수할지 알 수가 없습니다. 하지만 확실한 것은 이 팀은 드림팀이 될 수밖에 없다는 겁니다. 이미 한 번 해체 수순을 밟은 팀은 다른 팀에 비해 뒤처질 수밖에 없습니다. 자금력 말고도 F1은 기술력과 팀원들 간의 호흡이라는 두 가지 난제가 더 존재하니까요."

"그렇다는 것은 기술력을 집약시키기 위해 각 회사와 제휴를 할 것이라는 소리군요?"

"그렇습니다. 이를테면 엔진이나 타이어 같은 중요 부품이나 파츠의 경우엔 더더욱 그렇습니다."

그는 조만간 생겨날 팀 구성원에 대한 예상도를 화수에게 건넸다.

"아마 엔진은 FIA와 제휴한 자동차회사에서 사들일 것이고 머신은 기존에 사용하던 것을 사용하게 될 겁니다. 한마디로 머신에 가장 적합한 엔진을 찾는 것이 관건이라고 할 수 있겠지요. 이곳에 참여하신다면 충분히 광고 효과를 보실 수 있을 겁니다."

예상도를 받은 화수는 가장 중요한 사실에 대해 물었다.

"이건 아주 만약의 경우입니다만, 제가 만약 스스로 F1 그랑프리에 나갈 수 있는 머신을 개발한다면 어떻게 됩니까?"

"그게 무슨 소리입니까?"

"말 그대로입니다. 제가 FIA의 표준에 맞는 자동차를 개발한다면 경기에 참여할 수 있는 자격이 생기는 겁니까?"

그는 실소를 흘렸다.

"후후, 만약 그게 가능하다면 참가하지 못할 이유가 없지요. 다만 F1에 출전할 수 있는 선수를 구하는 것이 쉽지 않을 겁니다."

"으음."

"만약에, 아주 만약에 머신을 개발하신다고 해도 과연

FOM에서 팀을 받아줄지도 의문이고요."

"아무튼 자동차 기술력만 있다면 불가능한 것은 아니라는 소리군요?"

"뭐, 그렇다고 할 수 있지요."

"좋습니다. 그렇다면 머신을 개발하고 팀을 꾸려서 참가 신청을 하겠습니다. 그때 다시 연락을 드린다면 도움을 주실 수 있습니까?"

"베네노아 씨의 부탁이라면 그럴 수도 있겠지요. 협회에서 도 기준에만 합격한다면 분명 크게 반대는 하지 않을 겁니다."

화수는 곧장 자리에서 일어섰다.

"그럼 저는 머신을 구하러 가보겠습니다. F1 그랑프리 때 뵙지요."

"아, 네."

화수는 머신을 개발하기 위해 한국으로 향했다.

7장

세계 최고의
자동차를 위해

　F1은 세계자동차협회에서 인정하는 기준에 합당한 규격의
자동차로 겨루는 경기다.

　그렇기 때문에 일반적으로 F1에 출전하는 자동차들의 생
김새나 무게가 거의 다 비슷했다.

　하지만 그 안에 들어가는 엔진과 부품은 모두 다 제각각이
었다.

　그러나 요즘은 F1 머신들의 성능을 평준화시켜 오로지 스
피드만을 추구하는 경기 방식을 지향했다.

　이것은 경기의 형평성을 위한 수단이지만 아마도 그 평준

화는 이뤄지기가 쉽지 않을 것이다.

각 팀은 우승을 위해 조금 더 좋은 머신을 구비할 것이고, 그 경쟁으로 인해 기술이 지속적으로 발달하기 때문이다.

화수는 포뮬러 경기에 합당한 머신을 개발하기 위해 규격에 맞는 차체부터 개발하기로 했다.

포뮬러는 타이어 규격은 물론이고 자동차의 차체까지 모두 균일해야 한다.

F1 그랑프리는 승차감이나 자동차의 안정성을 포기하고 오로지 달리기 위한 질주에 특화되어 있기 때문에 드라이버를 전혀 고려하지 않았다.

드라이버는 어깨를 끼워 넣고 나면 팔을 간신히 움직일 수 있는 좁은 공간에 갇혀 경기를 치르게 된다.

다만 자동차의 규격에 맞는 선에서 운전자를 고려하는 설비를 도입한다면 조금 더 수월한 드라이빙이 가능할 것이다.

하지만 그것이 가능하다고 해도 선수 본인이 스피드를 위해 그 모든 것을 버릴 가능성이 높았다.

100분의 1초도 아까운 마당에 머신의 중량을 차지하는 설비는 레이서에겐 치명적이기 때문이다.

화수는 지금까지 만들던 친환경적인 소재를 모두 버리고 오로지 스피드를 위한 차를 설계했다.

가장 먼저 그는 차량이 바람의 저항을 가장 덜 받는 설비에 치중했다.

어차피 차량의 규격이 정해진 경기이기 때문에 바람의 저항을 덜 받는 설비는 거의 대부분 비슷하다.

하지만 화수는 여기에 마도학 장비를 도입해 저항을 흡수하여 차체의 열 발생을 최소화하기로 했다.

그는 머신의 노즐(차량의 앞부분에 돌출된 부분)에 마나코어를 설치하고 그 입구를 타고 바람이 머신 전역을 돌아다닐 수 있는 설비를 고안했다.

노즐의 겉 부분에는 먼지와 자갈 같은 이물질을 걸러내는 필터를 설치하고 그 뒤를 따라서 마나코어의 전자신경계를 연결한다.

그렇게 하여 마나코어가 부착된 노즐에 바람이 들어오게 되면 그 바람이 마나 신경 체계를 타고 머신의 안쪽으로 스며드는 것이다.

지속적으로 바람이 머신 안쪽으로 들어오면서 차량의 열기를 식혀주게 되기 때문에 엔진의 과열과 타이어의 부담감이 줄어들게 된다.

그리고 또 하나, 바람을 흡입하는 동시에 마나코어에선 역으로 바람을 일으켜 뾰족한 파풍봉을 형성한다.

바람으로 만든 파풍봉은 마치 전투기의 노즐처럼 뾰족한

창으로 바람을 뚫고 지나갈 수 있는 효과를 지니게 되는 것이다.

　이것은 공기를 순환시켜 줄 뿐만이 아니라 바람의 저항을 흡수하는 동시에 바람을 뚫고 앞으로 나아갈 수 있는 효과를 기대할 수 있다.

　화수와 찬미는 무려 일주일간 마나코어를 단련시켜 알루미늄과 강철 합금에 섞었다.

　그리고 차체의 중간중간에 마나코어를 박아 넣어 각종 장비를 작동시킬 수 있게 만들었다.

　화수는 차체에 마나코어를 박아 넣으면서 그 뼈대에 룬어를 새겨 넣었다.

　마나코어에 룬어를 새겨 넣으면 그 즉시 마법이 시전되는 캐스팅이 이뤄지게 된다.

　그렇게 되면 마나코어가 작동하는 일련의 조건만 갖추면 곧바로 마법이 시전되게 되는 것이다.

　찬미는 화수가 새기고 있는 룬어가 무엇인지 물었다.

　"이건 무슨 룬어인가요?"

　"바람 계열 마법입니다. 일정량 이상의 바람이 차체를 건드리게 되면 곧장 바람이 열을 식혀줄 겁니다."

　"오호라!"

　"또한 여기서 300㎞ 이상의 속도로 저항을 받게 되면 추가

적인 추진력을 형성하게 됩니다. 마나코어 자체가 바람을 만들어 차량을 밀어내는 겁니다. 물론 차체 위에서 작용하는 다운포스(횡으로 누르는 압력)는 훨씬 더 거세지겠지요."

"그걸 사람이 버틸 수 있을까요?"

"버틸 수 있는 파츠를 찾아내야지요."

F1 그랑프리의 머신들은 점점 더 막강해지고 있지만 그러면 그럴수록 뛰어난 드라이버의 필요성이 부각된다.

아무리 차가 좋아도 그것을 제대로 다룰 수 없다면 무용지물이기 때문이다.

한마디로 지금 그가 뛰어난 기술력을 도입한다면 평균을 훌쩍 뛰어넘는 드라이버를 찾아야 한다는 소리다.

"아무튼 지금은 최고의 자동차를 만드는 데 집중하도록 합시다."

"알겠어요."

화수와 찬미는 계속해서 개발에 몰두했다.

* * *

규격에 맞는 차체를 만들었으니 이제 차체를 끌고 나갈 수 있는 엔진을 만들 차례다.

이번 대회에서 사용될 엔진은 6기통 터보엔진을 기준으로 한다.

또한 RPM의 제한이 대폭 줄어들었기 때문에 적은 엔진 회전수로 훨씬 더 강력한 폭발력을 만들어내야 한다는 소리다.

화수와 찬미는 규격에 맞는 엔진의 모양을 렌더링하고 그것을 정밀 컴퓨터에 넣고 다듬었다.

하루 종일 정밀 컴퓨터가 분석을 하고 모난 곳을 쳐내고 나니 완벽한 엔진이 완성되었다.

두 사람은 강철과 알루미늄 합금으로 만든 뼈대에 마나코어를 도금시켜 마나 전달이 아주 용이하게 만들었다.

그렇게 뼈대를 만들고 난 후엔 중앙 제어 역할을 해줄 마나코어를 부착하고 그에 따른 전자 마나 신경 체계를 구축했다.

엔진에 들어가게 될 마나코어는 엔진의 흡입과 폭발 등에서 얻어낸 열에너지에 반응하게 될 것이다.

사람의 의사를 그대로 전달받아 자동차를 움직인다면 좋겠지만 그것은 애초에 불가능한 얘기다.

포뮬러는 변수가 상당히 많은 스포츠이기 때문에 사람의 두뇌만으론 조종이 불가능하기 때문이다.

그러니 페달과 핸들로 차를 조종할 수밖에 없는 것이다.

화수는 제한 RPM을 넘기지 않으면서도 일반적인 머신의 출력에 1.5배에 달하는 동력장치를 구성했다.

또한 완벽한 연소로 인해 차량의 힘과 연료 절감 효과를 기대할 수 있도록 했다.

F1에서 높은 연비는 피트-인(차량 정비를 위한 경기 도중 입고)에서 잡아먹는 시간을 단축시킬 수 있는 아주 좋은 조건이다.

바퀴와 주유에 걸리는 시간은 대략 2초 내외지만 그 2초로 인해 승패가 갈리는 곳이 바로 F1이니 피트-인의 유무는 가장 중요하다고 할 수도 있었다.

이번 그랑프리에서 연료의 총사용량이 100㎏으로 제한되었지만 화수는 그의 10분의 1도 안 되는 양으로 대회를 마칠 수 있도록 했다.

엔진에서 불완전연소에 대한 요소를 배재하고 보조 동력 장치의 마력을 올렸다.

그리고 엔진룸을 총 네 개로 나누어 주동력에서 발생한 열을 마일리지처럼 쌓도록 했다.

엔진룸 네 개 중 하나는 중앙에 위치하며 차량의 주동력을 전달하게 된다.

거기서 발생한 열은 나머지 두 개의 엔진룸에 저장되었다가 하나는 주동력을 보조하는 보조 동력으로 사용된다.

그렇기 때문에 연비 향상은 당연한 일이다.

또한 화수가 이번 경기에서 가장 첫 번째로 선보이는 것은 바로 나머지 한 개의 엔진룸이었다.

화수는 이 마지막 엔진룸에 단 2초 만에 최고 시속에서 약 50㎞/h 정도를 끌어올릴 수 있는 추진 보조 장치를 만들었다.

이 추진 보조 장치는 엔진에서 나오는 복사열을 차곡차곡 저장해서 열에너지로 가지고 있다가 한 방에 터뜨릴 수 있는 장치이다.

그러니까 차량을 앞으로 밀어내는 동력을 제외한 추가 보조 장치를 부착해서 차량을 밀어내는 동력을 추가한다는 전략이다.

이것은 엔진에 모아두었던 열에너지를 단박에 터뜨리는 시스템이기 때문에 최고 시속에서 순간적인 힘을 발휘시키는 것 말고는 달리 사용할 수가 없다.

추진 보조 장치를 무분별하게 사용하다간 머신이 남아나지 않거나 엔진이 터져 버릴 것이기 때문이다.

하지만 그래도 최고 시속에서 50㎞/h를 가속한다는 것은 엄청난 무기가 될 것이다.

이것만으로도 화수의 엔진은 다른 차량들과 비교할 수 없는 특이점을 갖게 되는 셈이다.

그러나 문제는 이 엄청난 차량을 다룰 수 있는 드라이버가 드물 것이라는 점이다.

위이이이이잉!

화수는 엔진의 최고 가동 시점에서 추진 보조 장치를 작동 시켰다.

"추진 보조 장치를 작동시키겠습니다. 엔진 최고점을 지나 약 2초간 작동합니다."

"예, 알겠습니다."

"작동."

콰아아아앙!

마치 음속비행기의 소닉붐과 같은 굉음을 일으킨 엔진의 보조 장치에서는 무색의 강렬한 아지랑이가 피어오른다.

그 아지랑이가 합쳐져 이내 차체를 밀어내는 추진력 파동을 만들어내는 것이다.

푸슈슈슈슈슈!

차량을 밀어내는 충분한 압력을 갖게 된 엔진을 바라보며 화수는 일단 만족스러운 표정을 지었다.

"이것으로 엔진은 만들어진 것 같군요."

"한데 이것이 이론대로 달릴 수 있을까요?"

"물론입니다. 저를 믿으세요."

"알겠어요."

이제 차량의 절반을 완성했다.

*　　　*　　　*

차량의 엔진을 개발하고 나면 나머지 주변 요소들을 확정 지어 차체에 부착하게 된다.

화수와 찬미는 주변 기기 중 가장 중요하다고 생각되는 바퀴를 개발하기로 했다.

그들이 고안해 낸 바퀴는 스스로 펑크를 제어하고 공기압까지 조절하는 타이어였다.

타이어의 제작 과정은 이러했다.

마나코어를 갈아서 타이어에 들어갈 고무와 섞어 찍어낸다.

틀에 넣고 찍어낸 타이어에는 이미 마나코어가 들어가 있지만 다시 한 번 마나코어를 섞어준다.

그렇게 되면 바퀴의 안쪽과 바깥쪽 모두를 마나코어로 코팅하게 되는 셈이다.

화수는 이 타이어를 재생타이어라고 부르기로 했는데, 타이어가 스스로 재생하여 펑크를 막아주기 때문이다.

그는 마나코어가 타이어의 재생을 관장하고 공기압까지 조절할 수 있도록 작은 마나코어를 바퀴 중앙에 부착했다.

또한 마나코어는 바퀴의 마찰력을 평균 타이어의 30% 이상 더 끌어올려 유리한 고지를 점령하게 된다.

그렇게 된다면 타이어를 교체할 필요가 없을 뿐만 아니라 연비 향상과 기록 향상에도 도움이 될 것이다.

규격에 맞는 타이어를 생산하고 그것을 자동차에 장착하고 나니 이제야 F1 그랑프리에 출전하는 자동차 같은 맛이 났다.

"이제야 겨우 가장 큰 요소들은 얼추 끝낸 것 같네요."

찬미는 벌써 며칠째 잠을 제대로 자지 못해 상당히 피곤한 상태였다.

때문에 바퀴를 개발하고 하루 정도 쉬려고 계획을 세웠다.

하지만 화수는 그녀의 휴식을 보장해 주지 않았다.

"끝나긴요, 이제 시작이지요."

"네, 네?"

"우리는 경기에서 가장 중요한 후사경과 사이드미러를 없애고 홀로그램을 헬멧에 띄우는 방식을 선택할 겁니다."

"그, 그렇다는 것은……."

"블루투스로 연동되는 두 기기를 연결하여 각종 정보를 실시간으로 알려주자는 뜻입니다."

팀 내 무전으로 모든 것을 말해도 상관은 없겠지만 상황을 직접 눈으로 보는 것과는 천지차이다.

하여 화수는 측면과 후방 카메라를 설치하고 그 영상을 홀로그램으로 전송하여 시청하기로 했다.

이렇게 되면 드라이버가 집중력을 잃지 않고 경쟁자들의

위치를 파악할 수 있게 된다.

"헬멧에 상황을 중계한다……."

"이보다 더 좋은 시스템은 아마 없을 겁니다."

"그렇게만 된다면 정말 그렇겠군요."

화수는 그녀에게 에너지 드링크를 건네며 말했다.

"자, 그럼 다시 시작해 볼까요?"

"…하아, 네."

화수의 열정을 말릴 수 있는 사람은 아마 이 세상에 존재하지 않을 것이다.

*　　　*　　　*

F1 그랑프리에 들어가는 자금을 조달하기 위해 베네노아는 친분이 두터운 조직들을 찾아다녔다.

그 첫 번째 후원자는 단연 장원의 보스인 옥림이었다.

옥림의 대리인인 명주신은 F1 그랑프리에 들어가는 자금을 자신들이 운영하고 있는 글로벌 기업들에서 출자하기로 했다.

장원은 중국계 주류회사인 장가주류그룹을 전면에 세워 위장 사업을 벌이고 있었다.

이번 보스의 정식 취임으로 인해 합법적인 법인이 되었다.

명주신은 이번 출자에 대한 의미를 이렇게 설명했다.

"보스는 장원을 양지로 끌어올리겠다는 포부를 밝혔습니다. 그 언젠가 장원도 글로벌 기업으로 성장할 수 있도록 힘을 쓰겠다는 뜻이지요. 이번 출자는 그런 의미에서 이뤄지는 겁니다. 약 5천만 달러의 투자금을 지원하도록 하지요."

한화로 500억.

아무리 자금줄이 탄탄한 장원이라도 상당히 부담되는 금액이 아닐 수 없었다.

더군다나 쿠오시드와의 전면전으로 입은 피해를 복구하자면 황방의 자금을 모두 동원해도 역부족이다.

"저희가 너무 무리한 부탁을 한 것은 아닌지 모르겠습니다. 조직을 재정비하는 데 들어가는 돈도 만만치 않을 텐데요."

그녀는 고개를 가로저었다.

"우리 장원의 자금력은 그리 헐렁하지 않아요. 지하산업의 굵직한 라인이 아직 살아 있기 때문에 표면에 드러나지 않은 지하자본이 80% 이상이에요. 우리가 투자하려는 자금은 1차 자금입니다. 이번 그랑프리에서 우승하면 조금 더 높은 금액을 지원하지요."

장원의 자금력이 대단하다는 사실은 익히 알고 있었지만 이렇게 선뜻 지원해 주겠다는 소리를 들을 줄은 모른 베네노아이다.

"아무튼 고맙습니다. 이번 대회에서 꼭 우승해서 좋은 결과를 가져다 드리겠습니다."

"아무쪼록 그래주세요. 그래야 보스의 친분으로 출자한 것이 아니라 팀 자체의 경쟁력 때문에 투자한 것임을 강조할 수 있을 테니까요."

"잡음이 생기지 않도록 최선을 다하겠습니다."

"네, 그래요."

자금 출자에 대한 계약서를 체결한 베네노아는 쿠오시드와의 관계에 대해 물었다.

"그나저나 쿠오시드와는 어떻게 되었습니까? 관계 청산은 이뤄졌습니까?"

"뭐, 어느 정도는 이뤄졌다고 볼 수 있겠네요. 일단 전면전은 멈추기로 했고 서로의 기반 시설 파괴에 대한 배상금은 이대로 묻어두기로 했어요. 하지만 아직까지 조직원들 간에 앙금이 남아 있어서 관계 회복은 꽤 오랜 시간이 걸릴 것 같아요."

"혹시 우리가 쿠오시드의 자금을 끌어와도 큰 문제는 안되겠습니까?"

"그렇게 큰 상관이야 있겠어요? 그쪽에서 별말이 없다면 우리는 괜찮아요."

"알겠습니다. 그럼 지금 쿠오시드와의 계약을 진행하도록 하겠습니다."

베네노아는 혹시나 장원과 쿠오시드의 관계가 악화된 채로 양쪽으로 계약을 진행했다가 트러블이 생기지 않을까 우려했다.

하지만 한쪽에서 긍정적으로 나오니 나머지 한쪽만 설득하면 큰 문제는 없을 것이다.

"아무쪼록 내년에는 좋은 모습으로 뵙도록 합시다."

"감사합니다. 그럼."

자리에서 일어선 베네노아는 산타페로 향했다.

＊　　　＊　　　＊

콜롬비아 산타페 데 보고타.

11월 말의 보고타의 날씨는 제법 쌀쌀해서 긴팔 외투를 걸치지 않으면 걸어 다니기 부담스러울 정도이다.

베네노아는 쌀쌀한 날씨임에도 불구하고 카페의 테라스에 앉아 커피를 마시고 있는 마르센을 찾아갔다.

"여기 계셨군요."

"오셨습니까?"

그는 두꺼운 시집에 책갈피를 끼워 자신이 읽은 부분을 표시해 두었다.

"시를 좋아하십니까?"

"한때는 문학도를 꿈꾸던 사람입니다. 풍류를 즐기며 살아가는 것이 꿈이었습니다만 지금은 그럴 수가 없게 되었지요."

베네노아는 그의 모습에서 자유를 갈망하는 청방의 보스와 같은 모습이 보이는 듯했다.

마르센은 베네노아가 자신을 찾아온 이유에 대해 이미 인지하고 있었다.

그리고 그에 대한 대답을 이미 준비해 놓고 있었다.

"자금 출자를 도와드리지요."

"그래도 괜찮겠습니까?"

"쿠오시드의 자금력은 꽤나 탄탄한 편입니다. 장원과 비교해도 손색이 없을 정도지요."

두 집단은 아직도 전면전에 대한 앙금이 가득 남아 있어 서로 미묘한 경쟁 심리 같은 것이 있었다.

"저쪽에서는 얼마를 출자하겠다고 합니까?"

"5천만 달러입니다."

"으음, 꽤 썼군요. 그럼 저는 그 두 배를 내지요."

"그렇다는 것은……."

"저는 1억 달러를 내겠습니다. 고로 광고 수익에 대한 부분은 우리가 그들보다 두 배 더 챙겨 받아야겠어요."

1억 달러는 한화로 1천억에 달하는 엄청난 자금이다.

그런 거금을 선뜻 내놓겠다는 것은 콜롬비아까지 날아온 베네노아조차 감히 상상도 못한 일이었다.

"이렇게 많은 돈을 출자해도 괜찮겠습니까? 조직의 재정비도 다 이뤄지지 않은 것으로 압니다만."

"그건 저쪽도 마찬가지 아닙니까?"

"뭐, 그건 그렇지요."

"그럼 우리도 문제없습니다."

마치 어린아이와 같은 치기라고 생각할 수도 있겠지만 두 조직의 자금력은 그만큼 탄탄했다.

"내 지인들이 굵직한 대기업에 포진하고 있습니다. 거기에 광고 자리를 팔아먹을 테니 그에 대한 지분은 우리에게 넘겨주십시오. 그렇게 되면 아마 FOM의 심사를 통과하는 데 큰 도움이 될 겁니다."

"감사합니다. 그럼 우리 대표님께 그렇게 전하겠습니다. 그리고 그에 대한 사항은 계약서에 특약 사항으로 적어놓겠습니다."

"그렇게 해주시지요."

마르셴의 관심사는 오로지 조직의 자존심을 바로 세우는 일뿐인 모양이다.

하지만 보스로서 그것은 아주 당연한 일이기 때문에 크게 놀랄 일은 아니었다.

베네노아는 그에게 악수를 청했다.

"그럼 1월 달 머신 발표회 때 뵙겠습니다."

"살펴 가시지요."

그는 계약을 마치고 난 후 리처드에게 전화를 걸었다.

하루스 엔터에는 그가 조금 껄끄러워하는 사람들이 있기 때문이다.

"이런 부탁을 해서 미안하네. 지금 뉴욕에 도착했나?"

―예, 그렇습니다.

그의 사정을 잘 아는 리처드이기에 더 이상 말을 길게 끌지 않았다.

―그럼 계약을 끝내고 다시 연락드리지요.

"고맙네."

―별말씀을요.

일을 끝마치고 한국으로 돌아가는 길.

그는 비행기에 오르기 전에 맥주를 한잔하기로 했다.

도저히 맨 정신으론 돌아갈 수 없을 것 같았기 때문이다.

하루스 엔터에 대한 생각만 하면 죽은 아들이 떠올라 견딜 수가 없었다.

"후우."

마음 같아선 그녀가 있는 곳으로 날아가서 아들에 대한 작은 기억의 조각이라도 가지고 오고 싶은 심정이었다.

하지만 그는 굳이 서먹한 그녀와의 대면을 강행하고 싶은 마음이 없었다.

"가야지."

그는 이내 비행기를 타고 한국으로 향했다.

＊　　＊　　＊

미국 최대의 도시 뉴욕은 세계 최고의 기업들이 각자의 자리에서 최고의 기염을 토해내고 있는 곳이다.

엔터테인먼트의 신성인 하루스 역시 뉴욕에 기틀을 잡고 신인들을 양성하고 있었다.

또한 영화의 대박으로 인해 영화배급사로서의 주가도 톡톡히 오르고 있는 중이다.

하루스 엔터테인먼트의 대표이사 마이클은 화수의 출자 요청을 아주 흔쾌히 수락했다.

그는 지금까지 모인 자금을 합산하여 자신이 얼마를 넣을 것인지 고려해 보았다.

"으음, 총 1억 5천만 달러가 모였다는 소리지요?"

"그렇습니다."

"그럼 저는 3천만 달러를 출자하겠습니다."

"으음, 다들 생각보다 훨씬 더 많은 자금을 출자하시는군요."

"F1 아닙니까? 그리고 강화수 대표님이라면 충분히 그에 합당한 가능성을 가지고 있다고 믿습니다."

"만약 이번 리그에서 우승하지 못한다고 해도 후회하지 않겠습니까?"

"이번 리그에서 미끄러진다고 해도 괜찮습니다. 저는 이번 신생팀에 얹어 영화와 신인 아이돌들을 확 띄워볼 생각이거든요. F1에 얼굴만 팔려도 벌써 24억 명에게 알려지는 셈입니다. 3천만 달러를 사용하지 못할 이유가 없지요."

"그렇군요."

마이클은 화수가 보내준 기획서를 가리키며 말했다.

"그리고 이 기획서에 나온 대로라면 돈을 투자하지 않을 사람이 과연 어디에 있겠습니까?"

화수는 그에게 기획서를 보내주면서 엔진의 시현 영상과 지금까지 구현된 기술에 대한 영상을 영상 파일로 만들어 보내주었다.

기술력에 대한 검증이 끝난 마당에 하루스 엔터가 돈을 투자하지 않을 리가 없는 것이다.

아마 그는 화수에 대한 맹신이 아니었다고 해도 충분히 자금을 투자했을 것이 분명했다.

계약이 한창 진행 중인 가운데 사무실에 노크 소리가 들렸다.

똑똑.

"들어오세요."

문을 열고 들어온 사람은 안젤리카와 그의 딸 신디였다.

"안젤리카? 거기에 신디까지. 여긴 어쩐 일이야?"

"듣자 하니 강화수 대표님께서 F1 그랑프리에 나간다면서요? 그에 대한 스폰서도 모집 중이시고요."

리처드는 고개를 끄덕였다.

"예, 그렇습니다. 지금 대표님께선 유럽 시장 부진에 대한 돌파구로 F1을 선택하셨습니다. 다소 무모할 수도 있지만 그분이니 가능한 선택이기도 합니다."

그녀는 리처드에게 통장을 두 개 건넸다.

"2천만 달러예요. 저도 출자하겠어요."

"네? 이 많은 자금을 선뜻 내놓으시겠다니, 괜찮겠습니까?"

"괜찮아요. 저와 신디가 그분께 받은 것에 비하면 아무것도 아니에요. 그리고 그분이라면 꼭 F1에서 우승하리라 믿어요."

리처드는 지금까지 출자를 위해 이곳저곳 돌아다니고 있

었지만 대부분의 사람이 화수에 대한 맹신을 가지고 있음을 알 수 있었다.

그 역시 화수에 대한 충성심을 가지고 있지만 이들은 엄연히 말해 상하 관계에 놓인 사람들이 아니다.

그럼에도 불구하고 이런 믿음을 보일 수 있다는 것은 쉽지 않은 일이었다.

"우리 사장님께서 인복이 좋으시군요."

"그분은 마법사와 같아요. 그런 분께 좋은 사람들이 많이 따르는 것은 어쩌면 당연한 일이지요."

"후후, 그렇군요."

"아무튼 좋은 소식으로 다시 뵙도록 할게요. 그랑프리가 시작되면 우리 쪽에서도 도와야 할 일이 많을 것 같으니까요."

"알겠습니다. 그럼 그때 뵙지요."

리처드는 두 사람의 출자를 받아 총 5천만 달러에 달하는 목돈을 만들어냈다.

이제 그는 FOM에 연줄이 닿는 사람을 찾아 나서기로 했다.

계약을 마친 리처드는 태국으로 향했다.

*　　　*　　　*

태국의 대부호로 통하는 마트의 저택.

그는 건축사업과 원자재 수출로 큰돈을 벌었다고 알려져 있었다.

하지만 사실은 그가 이렇게 성장한 것은 순전히 청방의 힘 때문이었다.

마트는 청방의 수뇌부로서 벌써 30년째 그들의 자금줄과 비자금 조성 수단이 되어주고 있었던 것이다.

또한 그의 회사에 들어가 있는 자금 중 3분의 2 정도가 청방의 자금이다.

그러니 마트의 사업 자체가 아예 청방의 것이라고 해도 과언이 아니었다.

마트는 오랜만에 자신을 찾아온 리처드를 환대했다.

선선한 바람이 부는 테라스에 앉은 마트는 중국에서 온 푸얼차를 그에게 권했다.

"70년쯤 된 차라고 하더군. 푸얼차는 오래될수록 그 깊이가 진해진다고 하지. 한 잔 마셔보게."

"감사합니다."

약 2g가량을 뜨거운 물에 우려낸 푸얼차는 그 깊은 향이 일품인데다 오래될수록 떫은맛이 없어지는 것이 특징이다.

리처드는 푸얼차의 향을 코로 음미하곤 이내 찻물을 한 모금 들이마셨다.

"으음, 좋군요."

"후후, 그렇지? 라싸에서 온 승려께서 선물로 주신 것이라네. 그분의 조상 중에 푸얼차 상인이 계셨는데 그분께서 남기신 물건이라고 하더군. 돈으로는 그 가치를 환산할 수 없어 자신이 신세를 진 사람들에게 조금씩 나누어 주시고 계시네. 하지만 그 양이 얼마 되지 않아 차를 맛볼 수 있는 기회는 더 없어. 자네는 운이 아주 좋은 편이야."

"이런 귀한 것을……."

"괜찮네. 자네가 우리 조직에게 해준 것을 생각하면 이쯤은 아무것도 아니지."

"하지만 저는 이미 조직을 떠난 몸입니다."

"알고 있어. 자네는 조직을 떠났지만 그 업적은 아직도 남아 있다네. 그리고 자네는 나를 사적으로 만나러 온 것이지 않나?"

그는 이미 이 업계에서 말을 뺀 리처드를 아직도 조직의 에이스로 대접해 주었다.

"그래, 나를 찾아온 이유가 뭔가?"

리처드는 아주 정중하게 자신의 용건을 피력했다.

"제가 새롭게 모시는 형님이 한 분 계십니다. 그분께서 이번에 곤경에 빠지셨습니다. 그 곤경에서 빠져나가기 위해 F1

그랑프리에 참가하기로 하셨지요."

"으음, F1이라……. 상당히 흥미가 생기는 이름이군."

"그러시리라 생각했습니다."

평소 마트는 스피드광으로서 각종 스포츠를 즐기는 스포츠 마니아였다.

리처드는 그런 그의 특성을 이용하여 출자와 그룹의 이름을 받아내려는 것이다.

"하여 어르신께 저희 팀의 공식 후원자 겸 투자자가 되어주셨으면 하고 찾아왔습니다."

"후원자라……. 그렇다면 광고 수익에 대한 인센티브도 내가 누릴 수 있는 건가?"

"물론이지요."

그는 한 가지 특이한 조건을 내걸었다.

"그럼 이렇게 하지. 내가 F1 그랑프리 때 자네들이 일하는 부스에서 직접 F1을 관람할 수 있게 해주게."

"그런 조건이라면 얼마든지 들어드릴 수 있지요."

"스피드광이라면 가까이서 그랑프리를 구경하고 싶은 것은 당연지사 아닌가? 이런 조건이라면 내가 스폰서가 되어주겠네."

"감사합니다!"

"후후, 아닐세. 나 역시 늘그막에 적적하던 차에 잘되었어."

그는 계약서에 세계적인 건설회사인 마트그룹 회장의 직인을 찍었다.

"이것을 가지고 방콕에 있는 본사로 찾아가게. 아마 미국 지사에서 자네들에게 자금을 출자해 줄 것이네."

"감사합니다, 어르신."

"아니, 아니야. 나야말로 여흥거리를 찾아서 좋으이."

마트는 리처드에게 하바나 산 시거를 건넸다.

"특상품일세. 자네 보스에게 선물하게."

"이, 이런 귀한 것을……."

"받게. 나 같은 뒷방 늙은이를 찾아오는 사람이 얼마나 되겠어? 자네가 찾아와 말동무가 되어주었으니 이 정도 선물은 당연히 받아도 되네."

원래 리처드는 조직의 수뇌부 중 나이가 많은 사람들에게 깍듯하게 행동했다.

덕분에 그들은 리처드의 인간적인 면을 신뢰했다.

"요즘 바빠서 자주 못 보더라도 가끔씩 차라도 한 잔 마시자고."

"예, 어르신. 그렇게 하겠습니다."

"그럼 1월에 보자고."

"몸조심하십시오."

대저택의 문을 나서는 순간까지 계속해서 손을 흔들어주

는 마트를 바라보는 리처드의 마음은 어쩐지 미세하게 떨리고 있었다.

'기분이 이상하군.'

어쩌면 그는 귀성길에 시골집을 나서는 아들의 마음을 어렴풋이 알 수 있을 것 같았다.

그는 한국으로 돌아가면 로이드에게 마트의 대저택을 찾아오자고 제안해 볼 생각이다.

8장

세계 최고의 드림팀

　12월 초, 화수와 찬미는 드디어 FIA의 규격에 맞는 F1 그랑
프리 전용 머신을 개발했다.

　화수는 측근들이 모두 모인 가운데 웨지의 장점과 단점에
대해 설명했다.

　"지금 보는 이 모델이 바로 우리 팀의 전용 머신인 웨지입
니다. v6엔진에 마력은 800마력에 달합니다."

　웨지 자체엔 한국 이미지와 맞는 파란색과 빨간색을 위아
래로 나누어 도색하여 팀 컬러를 입혔다.

　차량의 노즐 부분이 뾰족하게 생겨 마치 송곳 같은 날카로

움을 느낌을 준다.

화수와 찬미는 이 머신의 이름을 웨지(Wedge)로 지었다.

날카로운 쐐기처럼 바람을 뚫고 지나간다는 뜻에서 붙인 이름이다.

웨지의 최고 시속은 365㎞/h이지만 복사열 충전식 부스터를 이용하면 한시적으로 450㎞/h까지 성능을 끌어올릴 수다.

"우리가 만든 이 머신은 인간의 상상을 초월했습니다. 만약 직선 코스에서 승부를 낸다면 웨지를 따라올 수 있는 머신은 아마 없을 겁니다."

"좋군요."

"하지만 문제는 이것을 제대로 다룰 수 있는 드라이버가 있느냐 하는 것입니다."

웨지가 복사열 충전식 부스터를 사용하면 그때의 순간 다운포스(차량을 아래로 누르는 듯이 작용하는 압력)는 무려 8G에 달한다.

일반적인 성인 남성이 버틸 수 있는 최대의 다운포스는 3G에서 3.5G 정도이다.

그 이상을 넘어가는 순간 기절해 버리기 때문에 일반인은 포뮬러 원의 평균 다운포스인 5G의 상황에서는 운전대를 잡을 수도 없다.

레이서들은 이런 압력을 견디며 마치 마우스 볼로 그림을 그리듯 세밀하게 그림을 조절해야 한다.

하지만 아무리 레이서들이라고 해도 자신들의 한계를 벗어나는 압력을 견딜 수 있을지는 의문이다.

만약 그 압력을 견딜 수 있다고 해도 초인적인 인내심과 강철 같은 체력이 없다면 절대로 웨지를 몰 수 없을 것이다.

"우리가 가진 가장 큰 문제는 이 머신을 완벽하게 다룰 수 있는 파츠를 찾아내는 겁니다."

찬미는 드라이버를 수소문해 보기로 한 베네노아에게 물었다.

"수소문은 어떻게 되었나요?"

베네노아는 고개를 가로저었다.

"우리 팀에 들어오겠다고 선뜻 나서는 슈퍼라이센서는 아직까지 없네. 연봉 자체도 그렇지만 무엇보다 우리의 머신을 신뢰할 수 없는 탓이지. 대부분의 레이서는 우리 차를 타고 F1에 나가서 죽느니 F2에 나가서 조금 덜떨어진 명성에 만족하겠다고 하더군."

"…모험심 없는 사람들 같으니."

화수는 베네노아가 만들어놓은 드라이버 명단을 바라보다 아주 특이한 이력을 가진 사람을 발견했다.

"나사? 나사에서 근무하던 사람이 있어요?"

"네, 있습니다. 그는 나사의 무중력 훈련기기와 연속 회전 훈련기기의 훈련교관이었습니다. 때문에 F1의 악조건을 아무렇지도 않게 극복했지요."

"으음, 이 사람을 수소문할 수는 없습니까?"

"잭키 브라이언트 말씀이십니까? 하지만 그는 선수로서는 가치가 없습니다."

"가치가 없다니요?"

"이미 술로 인해 폐인이 되어버렸다고 하더군요. 한때는 월드챔피언을 지낸 적도 있지만 5년 동안 성적 부진과 함께 슬럼프가 와버려 사람을 아주 버렸다고 합니다. 지금은 로키 산맥 어디에선가 은둔하고 있을 겁니다."

화수는 그의 능력이라면 충분히 웨지를 다룰 수 있을 것이라고 생각했다.

"이 사람을 수소문해 주십시오."

"이, 이 사람을 말입니까? 찾아봐야 쓸 수도 없을 텐데요?"

"쓸 수 있을지 없을지는 찾아봐야 알겠지요."

베네노아는 고개를 끄덕였다.

"알겠습니다. 덴버에서 활동하는 정보장사꾼에게 그를 수소문해 보겠습니다. 하지만 너무 큰 기대는 하지 마십시오. 별 소득은 없을 테니까요."

"일단 찾아주시기만 하면 나머지는 제가 알아서 하겠습니다."

"예, 사장님."

베네노아는 리처드와 함께 덴버로 향했다.

*　　　*　　　*

미국 덴버는 로키산맥의 동쪽 기슭에 위치하고 있다.

상업과 공업의 중심지인 덴버는 로키산맥을 끼고 있기 때문에 겨울에는 수많은 스키어가 찾았다.

때문에 상공업을 제외하고도 덴버는 수많은 관광객을 보유하고 있는 도시이기도 하다.

그런 덴버의 중앙 시가지는 1,600미터 고지에 위치하고 있었다.

베네노아와 리처드는 SUV 차량을 타고 정보장사꾼 맥을 찾기 위해 덴버 시가지로 향했다.

덴버의 시가지는 아주 세련되고도 평온한 분위기였는데, 사람들의 얼굴에 여유가 넘쳐 보였다.

또한 로키산맥에서 스키를 즐기기 위한 여행객들이 덴버를 찾아 버스에는 사람이 서서 갈 자리조차 없었다.

두 사람은 덴버의 한 여관을 찾았다.

시가지 외곽에 위치한 여관은 황색 바위 산비탈 바로 아래에 위치해 있어 눈에 잘 띄지 않았다.

하지만 아는 사람들은 이곳을 1년에 한 번씩은 꼭 찾는다고 한다.

이 여관은 로키산맥으로 가는 길목에 위치해 있어 스키 베이스캠프로 사용하기 좋기 때문이다.

낡은 이정표에는 '라이카' 라는 이름이 적혀 있었다.

"이곳이 맞는 곳 같군."

여관 라이카 앞에 차를 세운 베네노아는 총 다섯 개로 나누어져 있는 여관의 건물 중 가장 왼쪽에 위치한 곳으로 향했다.

똑똑.

관리동이라고 쓰여 있는 여관 문을 두드리자 20대 초반으로 보이는 젊은 여인이 창문을 열었다.

"방 없어요. 다음에 오세요."

그녀의 쌀쌀맞은 말투는 듣는 사람으로 하여금 방에 대한 미련을 버리게끔 했다.

하지만 베네노아의 목적은 숙박이 아니었다.

"이런 사람을 찾네만?"

그는 '라이카 마스터' 라고 적힌 명함을 그녀에게 내밀었다.

그러자 그녀는 와락 인상을 구겼다.

"…당신이 우리 꼰대 명함을 왜 가지고 있어요?"

"지인이니까. 지금 그는 어디에 있나?"

그녀는 떨떠름한 표정으로 관리동 오른쪽 끄트머리를 가리켰다.

관리동 오른쪽 끄트머리에는 잔뜩 녹이 슬어 형체를 알아볼 수 없을 정도로 부식된 철문이 엎어져 있었다.

"지하실에 처박혀 도박이나 하고 있겠죠, 뭐. 알아서 찾아가세요."

"고맙네."

베네노아는 그녀의 안내에 따라 굳게 닫혀 있는 지하실 문으로 다가가 노크를 했다.

쿵쿵쿵!

하지만 아무래도 노크 소리가 안까지 들리지 않는 듯했다.

"사람이 없는 것 아닙니까?"

"아니, 그럴 리가. 아까 저 아가씨가……."

그녀는 짜증나는 눈으로 철문을 바라보다가 두 사람에게 외쳤다.

"비켜 봐요. 죽을 수도 있으니까 최대한 멀리 나와 있어요."

"뭐요?"

순간 그녀는 테이블 옆에 놓여 있던 사냥용 라이플을 창문 틈에 걸쳐놓고는 장전 손잡이를 당겼다.

철컥.

"어, 어어?!"

"비켜요! 잘못하면 죽어요!"

이윽고 그녀는 거침없이 방아쇠를 당겼다.

타앙!

사냥용 라이플이 불을 뿜자 총성과 함께 탄환이 날아가 철 문을 두드렸다.

쿠우우웅!

두꺼운 철문이 세차게 흔들릴 정도로 큰 압력이 전해지자 주변의 모래가 잔잔하게 떨렸다.

우우우웅!

"으윽! 멀미가 날 것 같군."

리처드는 진동을 느끼기 싫은 모양인지 귀를 막고 입으로 '아아' 하는 소리를 냈다.

바로 그때 두꺼운 철문이 열리며 바싹 마른 송장 꼴을 한 중년인이 모습을 드러냈다.

그는 며칠 동안 빛을 보지 못한 모양인지 얼굴에는 핏기가 하나도 없었다.

"이런 빌어먹을 년! 애비의 방문을 그런 식으로 두드려?!"

버럭 화를 내며 지하실에서 나온 그에게 딸로 예상되는 그녀가 소리쳤다.

"시끄러워, 이 더러운 꼰대야!"

"뭐, 뭐?! 그런데 이년이……?!"

그녀는 자신의 아버지를 꼰대라고 부르면서도 아무렇지도 않은 듯했다.

"그만 입 벌리고 당신 찾아온 사람들이나 맞아. 난 이만 들어갈 테니까."

이윽고 그녀는 정말로 관리실 문을 잠그고 차를 타고 여관을 빠져나갔다.

베네노아는 그런 딸을 바라보며 한숨짓고 있는 중년인에게 다가갔다.

"모친을 쏙 빼닮았군."

그제야 그는 곁에 서 있던 베네노아를 발견한 듯 물었다.

"으음? 자네가 여긴 웬일인가?"

"웬일이긴, 내가 자네에게 연락하지 않았나? 오늘쯤 찾아온다고 말이야."

"그랬던가?"

"그래. 분명 자네의 방식대로 편지도 보내고 이메일도 남겼다고."

그는 귀찮다는 듯이 고개를 가로저었다.

"그랬나? 하지만 나는 받은 적이 없네. 그럼 이만."

리처드는 그런 그를 바라보며 눈살을 찌푸렸다.

"이런 빌어먹을 노친네를 보았나?!"

"어허! 젊은 사람이 무슨 말을 그렇게 상스럽게 하나? 아무튼 나는 이만 바빠서……."

베네노아는 가만히 그를 바라보다가 이내 주머니 춤에서 나이프를 꺼내 들었다.

그리곤 그의 머리를 향해 나이프를 집어 던졌다.

슈각!

"으, 으헉!"

나이프는 그의 귀를 스치며 날아가 두꺼운 철문에 박혔다.

"내가 마음만 먹었다면 네 머리통은 아마 수박처럼 산산조각 났을 거다."

"어, 어이."

"두 번 말하지 않겠네. 어서 이곳으로 나와 내 의뢰를 받게나."

그는 베네노아가 자신이 원하는 바를 무조건 이루어내는 사람이라는 것을 잊고 있었다.

"아, 알겠네. 지금 당장 나가지. 잠시……."

"철문 안으로 들어갈 필요 없어. 용건만 남기고 내일 다시

올 테니. 만약 이곳에서 숨는다면 자네 딸은 물론이고 이 여관을 통째로 불태울 것이네."

"그, 그런 말도 안 되는……!"

"그러니 잠수를 타지 않으면 모든 것이 해결돼. 이해했나?"

"아, 알겠네."

그는 중년인에게 잭키 브라이언트의 사진을 건넸다.

"내일까지 이 사람의 소재를 알아봐 주게. 보수는 두 배로 주지."

보수가 세다는 말에 울상을 하고 있던 그가 눈을 번쩍 떴다.

"두, 두 배?"

"그래, 두 배. 구미가 당기나?"

"으음."

"자네가 싫다면 다른 사람을 찾아가도록 하고."

그는 재빨리 사진을 빼앗았다.

"크, 크흠! 누가 싫다고 했나? 자네의 그 성미는 좀 고쳐야 할 필요가 있어."

"내가 성미를 고치느니 자네가 나를 따르는 것이 빠르겠지."

"하긴."

사진을 빼앗아 얼굴을 확인한 그는 고개를 갸웃거렸다.

"어라? 잭키 브라이언트? 이놈은 왜 찾나?"

"쓸데가 있어. 그러니 소재지만 파악해서 나에게 전달하면 되네."

"알겠어. 내일 다시 찾아오라고."

리처드는 사진을 갈무리하는 그에게 군용 쿠크리를 꺼내며 말했다.

스릉!

"만약 정보가 틀리다면 목숨 부지하기 힘들 거네. 당신 딸도 마찬가지고."

"후후, 그럴 것 같았으면 베네노아가 나를 찾아왔겠나?"

베네노아는 정확한 정보가 아니면 걸음을 하는 사람이 아니다.

그런 그가 직접 차를 몰아 찾아올 정도면 상당히 신뢰도가 높은 사람이라고 할 수 있었다.

그제야 리처드는 쿠크리를 거뒀다.

"좋아. 한번 지켜보도록 하지."

이윽고 리처드와 베네노아는 자동차를 타고 여관을 빠져 나갔다.

그 모습을 바라보며 중년인은 고개를 가로저었다.

"하여간 성질머리 하곤. 그나저나 아들인가? 하는 짓이 아주 판박이군."

입이 귀밑까지 찢어진 그는 딸을 찾아 집으로 돌아갔다.

*　　　*　　　*

덴버의 정보장사꾼 맥에게서 정보를 사들인 베네노아는 무작정 로키산맥으로 향했다.

자갈과 바위만이 가득한 로키산맥에 들어선 리처드는 아까부터 영 찜찜하다는 표정이다.

"정말 그 노친네가 제대로 된 정보를 팔았을까요?"

베네노아는 슬그머니 미소를 지었다.

"왜? 그가 미덥지 않은가?"

"뭐, 솔직히 말하자면……."

"그가 미덥지 않다면 나를 믿게. 그럼 공평하겠지?"

"뭐, 미스터께서 그렇게까지 말씀하신다면야……."

어쩔 수 없이 그의 말에 따르기로 하는 리처드다.

덴버에서 차를 몰아 로키산맥 초입에 들어선 베네노아는 맥이 그려준 약도대로 차를 몰았다.

그러자 겨울 산의 수려한 장관과 호숫가의 청량감이 더해져 진정한 자유를 맛볼 수 있는 오솔길이 두 사람 앞에 펼쳐졌다.

"미국에도 이런 자연경관이 있군요."

"후후, 미국이니까 이런 자연경관이 있다고는 생각하지 않나?"

베네노아는 평생을 미국에서 살았고 리처드는 유년 시절을 영국에서 보냈다.

당연히 리처드가 생각하는 미국의 풍경과 실제 자연경관은 달라도 너무 달랐던 것이다.

"사람들은 미국이라고 하면 으레 화려한 도시의 풍경만 생각하게 되지. 하지만 사실은 그렇지 않아. 미국의 땅덩어리가 얼마나 큰데 왜 이런 자연경관이 없겠나? 내 생각에 자네가 태어나 자란 영국이나 암살자로 활동하던 동남아의 풍경은 확연히 다를 거야."

"과연 그렇군요."

동남아시아의 자연경관이 빽빽한 밀림으로 뒤덮여 있다면 미국의 자연경관은 탁 트인 웅장함을 자랑한다고 할 수 있었다.

끝도 없이 뻗어 있는 로키산맥의 백색 병풍을 따라 차를 몰다 보니 어느덧 사철나무가 가득한 숲에 들어섰다.

리처드는 휴대전화의 안테나가 먹통으로 변해 버렸다는 것을 알 수 있었다.

"불통입니다. 아마도 권외 지역인 모양이에요."

"그래, 이렇게 외진 곳에 있는 산골이니까. 아마 그의 집에 전기가 들어온다면 그것이야말로 기적이겠지."

산맥 중턱에 있는 가옥의 경우엔 자가 발전기를 돌려 생활하곤 하니 문명의 해택은 전혀 받을 수 없을 것이다.

두 사람은 지도에 표시되어 있는 곳 중에서 맥이 적어준 등고선의 고지를 찾아서 걷기로 했다.

오솔길에 차를 세우고 숲 속으로 걸어 들어가던 두 사람은 근처에 사람의 발자국으로 보이는 흔적이 이곳저곳에 산발해 있음을 발견했다.

"아무래도 이 근처에서 생활하고 있는 것이 분명하군."

"제 생각도 그렇습니다."

맥이 적어준 약도에는 대략적인 위치만이 적혀 있고 정확한 좌표는 나와 있지 않았다.

그가 어떤 경로에서 정보를 얻었는지는 알 수가 없지만 위성사진을 자유자재로 찍을 수 있는 사람이 아니라면 당연히 좌표까지 얻을 수는 없을 것이다.

두 사람은 계속해서 길을 걸었다.

저벅저벅!

무릎까지 발이 푹푹 빠질 정도로 눈이 쌓인 이곳을 따라 걷다 보면 과연 어디가 나올지 알 수가 없을 정도로 오지다.

하지만 주변에 술병으로 보이는 유리병이 산발적으로 흩

어져 있는 것을 보면 분명 사람이 살긴 사는 모양이다.

"정말 깊이도 짱박혀 있군."

"도대체 사람이 얼마나 상실감이 컸으면 이런 깡촌에 들어올 수 있을까요?"

"F1 그랑프리의 챔피언이었다고 하지 않았나? 그 정도의 인기를 구가했을 정도라면 충분히 그럴 수 있다고 생각하네. 무려 24억에 이르는 사람들이 지지를 보내는 F1 그랑프리 아닌가?"

"으음, 그럴 수도 있겠군요."

계속해서 길을 걷다 보니 어느새 해가 중천에서 슬슬 내려와 서쪽으로 향했다.

"해가 지고 있는데요?"

"도대체 끝이 없군. 어쩌지?"

이대로라면 숲에서 밤을 보낼 수도 있겠지만 다시 차로 돌아가기도 상당히 애매한 상황이다.

베네노아는 강행 돌파 쪽으로 마음이 기울어 있다.

"나는 계속해서 길을 갔으면 하네만, 자네는 어떤가?"

"저야 미스터가 가자고 하면 가겠습니다."

"후후, 젊은 청년이 불만 토로가 없어서 좋단 말이지."

"조직 생활에서 오래 살아남으려면 리더를 따르는 방법이 가장 좋습니다. 미스터는 리더였기 때문에 잘 모르겠지만 저

같은 암살자들은 명령에 따르는 것이 살아남는 처세술이지요. 아마도 그것이 몸에 밴 모양입니다."

"그렇군. 하지만 앞으론 스스로 결정할 수 있는 능력도 기르게나. 그게 훨씬 더 자네에게 도움이 될 걸세."

"예, 알겠습니다."

눈길을 헤치고 앞으로 나아가고 있는데 불현듯 머리 위로 눈이 떨어져 내렸다.

사각사각.

아무래도 일기예보에는 나오지 않은 소나기눈이 내릴 모양이다.

"낭패군. 어서 길을 찾아야 할 텐데 말이야."

"좌표에는 이제 곧 가옥이 나올 것이라고 되어 있습니다. 한데 도대체 집처럼 생긴 것은 보이질 않으니……."

바로 그때였다.

멍멍!

동시에 두 사람의 고개가 소리가 난 쪽으로 돌아갔다.

"개 소리? 이 야산에 개 소리가?"

그들은 개 소리가 들린 곳으로 걸음을 옮겼는데 어느 순간부터는 눈밭에 발이 빠지지 않게 되었다.

아마도 이곳은 누군가 주기적으로 눈을 치우고 있음이 분명했다.

그리고 눈밭 군데군데에는 폭 30㎝ 남짓의 바퀴 자국이 나 있었다.

"차? 분명 차가 지나간 것 같은데요?"

"내가 보기에도 그런 것 같군. 그런데 이상한 것은 바퀴에 홈이 없는 것 같아."

분명 바퀴가 굴러간 것은 맞지만 이상하게도 그 바퀴 자국에 V자 홈이 보이지 않았다.

일반적인 타이어라면 노면과의 마찰력을 높이기 위해서 바퀴에 홈을 내어놓는 것이 보통이다.

비와 눈이 오는 날씨에 도로를 달리자면 마찰력을 높이는 것이 중요하기 때문이다.

또한 바퀴의 홈은 도로에서 일어날 수 있는 각가지 변수에 적절히 대처할 수 있는 능력을 실어준다.

두 사람이 생각하기에 이 바퀴 자국은 도로에서 달리기 위해서 만든 타이어가 아닌 것 같았다.

"이런 종류의 바퀴라면……."

"포뮬러?"

"그래, 포뮬러일 수도 있겠어. 대표님께서 설명하신 규격도 딱 이만했으니까."

우연치 않게도 지금 이 바퀴의 넓이는 딱 화수가 국제 규격이라고 말한 F1 머신의 바퀴와 같았다.

두 사람은 갈 길이 그리 멀지 않다는 것을 느꼈다.

"이제 곧 도착하겠군요."

"그러게 말이야. 그나저나 아직까지 포퓰러를 모는 건가?"

"포퓰러는 도로에선 달릴 수 없지만 산속에서 취미로 몬다면 큰 문제는 안 될 겁니다. 물론 그에 맞는 포장도로가 있느냐가 문제지만요."

베네노아와 리처드는 바퀴 자국을 따라 30분가량 걸었고, 드디어 불빛이 보이는 인가에 도착했다.

인가에는 아까 들었던 개 소리의 주인이 마당을 이리저리 돌아다니며 낯선 사람이 찾아왔음을 알렸다.

멍멍!

알레스카 말라뮤트 종의 개는 적대적인 감정을 갖고 짖는 것 같지는 않아 보였다.

오히려 그들이 다가옴에 따라 점점 더 격하게 꼬리를 흔들고 있었다.

"어지간히 심심했던 모양이군. 제가 어렸을 때 키우던 개가 딱 저랬습니다. 사람 손에서 큰 개가 사람을 얼마간 못 보면 저런 상태가 됩니다."

"개와 가옥이 있다는 것은 사람이 있다는 증거 아닌가? 그런데 왜……."

베네노아는 집 앞에 약 15㎝의 눈이 쌓여 있다는 것을 알 수 있었다.

그렇다는 것은 사람이 집 밖으로 잘 나오지 않는다는 말이다.

"아마도 은거하느라 개를 돌볼 시간이 없었던 모양이야."

리처드는 주머니에서 과자를 꺼내어 개에게 내밀었다.

그러자 녀석은 미친 듯이 달려들어 과자를 먹어치웠다.

쩝쩝쩝! 헥헥헥!

"며칠 동안 사료를 못 먹은 모양입니다. 개가 과자를 이렇게 게걸스럽게 먹어치우다니."

개는 분명 잡식이지만 과자 같은 간식은 거의 먹이지 않는다.

과자 종류는 개의 입맛을 잘못 길들일 수 있기 때문이다.

그렇기 때문에 처음으로 과자를 맛보는 개에게 있어선 한번쯤 주춤거릴 수 있는 음식이었다.

게다가 처음 보는 사람이 주는 먹을거리를 아무렇지도 않게 받아먹는 개는 그리 흔치 않았다.

일말의 의심도 없이 먹을 것을 받아먹었다는 것은 개가 최소한 사나흘은 족히 굶었다는 소리다.

"집에 사람이 없나?"

"불은 켜져 있는 것 같습니다만."

리처드는 개에게서 손을 떼고 천천히 가옥 앞으로 다가갔
다.

"훈훈한데요?"

"안에 사람은 있는 모양이군."

베네노아는 현관문 창문틀에 쌓인 눈을 치워내고 노크를
했다.

똑똑.

문을 두드려 봐도 역시 아무런 인기척이 느껴지지 않았다.

"없는 모양인데요?"

"다른 곳에 사람이 들어갈 만한 공간이 있는지 한번 알아
보자고."

"무단 침입을 하시게요?"

그는 고개를 갸웃거렸다.

"왜 그러나?"

"그건 범죄입니다만……."

"후후, 자네답지 않게 별소리를 다 하는군."

"뭐, 그건 그렇습니다만……."

베네노아는 집 주변을 수색하다 문틈이 조금 열려 있는 창
문을 발견했다.

그는 그 틈을 비집고 들어가 훈훈한 열기가 뿜어져 나오고
있는 거실에 닿을 수 있었다.

그 뒤를 따라 거실에 들어온 리처드는 아주 깔끔하게 정리되어 있는 거실과 마주했다.

"술로 폐인이 되어 있다고 하지 않았습니까?"

"분명 그랬지."

보통 술에 절어 사는 알코올중독자들은 피폐하고 퇴폐적인 삶을 살아간다.

그 증거로 집안 꼴은 엉망이고 온통 지독한 냄새가 진동한다.

그런데 이 집은 전혀 그런 흔적이 보이지 않았다.

"이상하군요."

베네노아는 크게 소리쳐 보았다.

"누구 없습니까?!"

그때였다.

2층 다락방이 열리며 한 청년이 모습을 드러냈다.

"누구십니까?"

그는 한겨울임에도 반팔에 반바지 차림이었다.

그리고 머리는 온통 아무것도 없는 대머리에 복잡한 문신이 새겨져 있었다.

"잭키 브라이언트 씨 되십니까?"

"그렇습니다만 당신은 누굽니까? 누구기에 제 집에……."

잭키 브라이언트는 경계 어린 눈빛으로 그들을 바라보았

다. 베네노아는 이렇게 된 거 뻔뻔하게 나가기로 했다.

"실례했습니다. 저희는 신생 F1 레이싱 팀 이수에서 나왔습니다."

"레이싱 팀이요?"

F1이라는 소리에 잭키 브라이언트의 눈빛이 변했다. 그가 베네노아에게 바짝 다가와 섰다.

그리곤 그에게 고개를 들이밀어 코를 킁킁거렸다.

"킁킁."

"…무슨 냄새라도……?"

이윽고 그는 고개를 가로저었다.

"레이싱 팀에서 나왔다면 응당 그에 맞는 기름 냄새와 고무 냄새가 나야 정상입니다. 그런데 당신들은 그런 냄새가 전혀 나지 않는군요."

그는 레이싱 경기장에서 나는 냄새를 상기시켜 베네노아에게서 그 흔적을 찾으려는 것이었다.

경기장의 냄새로 사람을 알아보다니, 그는 어지간히도 F1을 사랑하는 사람인 모양이다.

"우리는 경기를 직접 뛰는 선수나 엔지니어는 아닙니다. 다만 이수 본사에서 사무직과 영업직을 담당하고 있지요. 아마 냄새가 난다면 잉크 냄새와 사무실 방향제 냄새가 전부일 겁니다."

"으음, 그렇군요."

잭키 브라이언트는 반팔에 반바지를 입은 것만 빼면 그다지 비정상으로 보이지 않았다.

"아무튼 이쪽으로 오시지요. 문을 열어준 것 같지는 않지만 우리 집을 찾아온 손님은 처음이니 뭐라도 대접해야겠습니다."

두 사람은 잭키가 왜 주정뱅이로 불렸는지 그 이유를 알 수가 없었다.

하지만 이내 그들은 그런 생각을 버리게 되었다.

"으윽."

"브라이언트 씨?"

주방을 향해 걸어가는 그의 몸이 좌우로 심하게 흔들린다.

베네노아가 달려가 그를 부축하려 했지만 그는 한사코 거절했다.

"됐습니다. 저 혼자 갈 수 있어요."

"하지만……."

"괜찮습니다."

그는 바닥에서 한 걸음 내딛는 것이 힘들 정도로 몸을 가눌 수 없는 상태였다.

하지만 굳이 자신의 힘으로 주방까지 걸어가려 애쓰고 있었다.

처음에는 몰랐지만 그가 몸을 움직일 때마다 입에서 진한 술 냄새가 풍겼다.

그제야 베네노아는 그가 왜 한동안 밖으로 나올 수 없었는지 알 수 있었다.

잭키 브라이언트는 이미 술 때문에 일상적인 생활이 불가능한 상태였던 것이다.

"위스키? 아니면 맥주?"

"그냥 물이면 됩니다."

그는 냉장고에서 물을 꺼내려다 이내 뒤통수를 긁적거린다.

"이거 참, 죄송해서 어쩌죠? 우리 집에는 물이 없습니다. 저는 물 대신 맥주를 마시거든요."

거대한 냉장고 안에는 음식 대신에 각종 술이 가득했고, 그 대열은 한 치의 흐트러짐도 없이 질서정연했다.

그는 냉장고 문을 열다가 맥주병이 아주 살짝 흐트러지자 아주 신경질적으로 머리를 쥐어뜯었다.

"이, 이런 빌어먹을! 또 맥주병이 비뚤어졌어!"

잭키는 주방에 있는 공학용 자와 계산기를 가지고 와선 이내 냉장고에 있는 맥주들을 다시 다 꺼내어 바닥에 내려놓았다.

그리고 자와 계산기를 이용해 맥주의 배열과 간격을 계산

해서 자신이 원하는 이상적인 간격으로 맥주를 배치하기 시
작했다.

"비뚤어졌어, 비뚤어졌어."

"괘, 괜찮습니까?"

베네노아가 말을 걸어봤지만 그의 엄청난 집중력을 흐트
러뜨릴 수는 없었다.

아마도 그는 엄청난 강박증을 앓고 있는 알코올중독자임
이 틀림없었다.

'그래, 그래서 바깥출입을 할 수 없었군.'

지금까지 개가 굶어 죽지 않은 것이 천운이라고 할 정도이
다.

아마도 그는 한번 저 짓을 시작하면 자신이 만족할 때까지
맥주를 나열하고 또 나열할 것이 분명했다.

거기에 하루 종일 술을 끼고 사니 다른 것에는 집중할 수가
없었던 것이다.

리처드는 그런 그의 관심을 돌리기 위해 관심 분야에 대한
얘기를 꺼낸다.

"아십니까? 이번 F1 그랑프리의 룰이 조금씩 바뀐 것 말입
니다."

순간, 그가 맥주를 나열하던 손을 멈추고 리처드를 바라보
았다.

"룰이 바뀌어요?"

"v8 엔진에서 v6로 바꾸었습니다. 제한 RPM도 3분의 1 정도 줄였고요."

"으음, 그렇게 되면 제한적인 RPM으로 폭발적인 출력을 내야 하니 고생이 많겠군요. 그만큼 보여줄 수 있는 퍼포먼스도 줄어들 것이고요."

F1 그랑프리는 단순히 달리는 것만 즐기는 스포츠가 아니기 때문에 자동차를 만들 때 아주 많은 요인을 고려해야 한다.

그중에서도 F1의 가장 매력적인 요소는 바로 엔진의 배기음이다.

하지만 엔진의 기통과 출력을 줄인다면 당연히 폭발적인 배기 음은 들리지 않을 것이다.

"거기에 연료의 사용도 100㎏으로 제한한다고 합니다."

"후후, 엔지니어들의 머리가 제법 아프겠군요. 지금 연비를 개선하지 않으면 경기에서 리터이어할 테지만 무작정 연비만 개선하자니 출력이 달려서 다른 머신들을 따라잡을 수 없을 것이고요."

"뭐, 그런 셈이지요."

드디어 그의 관심을 끌게 된 리처드는 이수자동차의 머신 웨지의 제원이 적힌 파일을 건넸다.

"그래서 우리는 이런 차를 개발했습니다. 성능과 퍼포먼스를 동시에 잡을 수 있는 차 말입니다."

"웨지?"

"F1 그랑프리에서 처음으로 발열 부스터를 사용하는 차가 나오게 될 겁니다. 어때요?"

"이, 이건……."

보조 동력 장치의 출력이 제한되는 것이지 차체에서 뿜어져 나오는 열기를 제안한 적은 없기 때문에 복사열 충전식 부스터는 위법이 아니다.

다만 이것이 경기에 도입될 수 있을지는 출전을 해봐야 알게 될 것이다.

"최고 시속이 450㎞/h에 달합니다. 일반적인 사람은 그 다운포스와 시야 단절을 극복할 수 없지요. 하지만 당신은 다르지 않습니까?"

"그래서 당신들이 나를 찾아온 것이군요."

"당신 말고 누가 이 차를 몰 수 있겠습니까?"

잭키는 한참이나 제원표를 바라보다가 이내 고개를 푹 숙였다.

"하지만 저는 이미 몸을 쓰지 못하는 사람이 되어버렸습니다. 제가 뭘 할 수 있겠어요."

베네노아는 그에게 손을 내밀었다.

"할 수 있습니다. 착실히 재활 훈련에 참여한다면 2월 테스트 드라이브에 참가할 수 있을 겁니다."

"저는 알코올중독에……."

"거기다 강박증까지 있으신 것 같더군요. 그것도 우리가 고쳐드리겠습니다."

"어, 어떻게 말입니까?"

"저희 대표님께선 생명공학을 연구하고 계십니다. 저 역시 죽을 뻔한 몸이었습니다만 그분께서 살려주셨지요. 그분이라면 충분히 하실 수 있습니다."

베네노아의 설득에도 그는 여전히 고개를 가로저었다.

"아니요. 내가 할 수 있을 리가 없어요. 이제 와서 다시 머신을 잡는다는 것은……."

"의지의 차이지요. 당신이 술을 끊을 수 있다면 우리는 당신을 F1 그랑프리에 출전시킬 겁니다. 하지만 출전 이후 성적 부진에 대해선 아무런 질타도 하지 않겠습니다. 아니, 신생팀인 우리가 당신과 같은 드라이버가 함께한다는 것은 과분한 일입니다. 질타는 당치도 않아요."

그제야 잭키의 얼굴이 조금 밝아졌다.

"그, 그럼 제가 조건을 내걸어도 되겠습니까? 대신 저를 어떻게 다루어도 좋습니다."

"말씀하시지요."

"제가 원하는 팀 멤버들을 소집해서 다시 경기를 치르고 싶습니다. 가능할까요?"

"물론입니다. 말씀만 하십시오."

그는 펜을 가져와 약 10명가량의 이름을 적기 시작했다.

대부분이 미국에 거주하고 있는 것 같았지만 몇 명은 캐나다 주소로 되어 있었다.

"이들을 찾아주신다면 당신들이 뇌를 꺼내어 생으로 세척한다고 해도 상관하지 않겠습니다."

"좋아요. 그 조건을 수락하겠습니다. 대신 계약을 번복해선 안 됩니다."

"물론이지요."

벼랑 끝에 내몰린 잭키는 화수라는 줄을 잡았다.

9장

더러워진 다이아몬드

강원도 영월의 산장.

이곳은 화수가 안전 가옥으로 사용하기 위해 만들어놓은 별장이다.

마도학 장비가 즐비한 이곳은 아마도 세상에서 가장 안전한 가옥일 것이다.

건물의 중앙에 위치한 초대형 마나코어는 500평 부지의 별장을 하나의 유기체로 만들어주었다.

기계 마나 신경 체계가 구축되어 있기 때문에 마나코어가 침입자 감시나 공격에 아주 유연하게 대처할 수 있다.

일반적인 CCTV의 기능이 단순한 감시라면 이곳의 CCTV 는 마나코어로 유동적인 움직임이 가능했다.

그렇기 때문에 화수 본인이나 그가 지정한 사람이 아니라면 즉시 모기 양철 인형 떼를 내보내 공격에 들어간다.

모기 양철 인형에는 전갈 독과 독사의 맹독을 섞은 신경작용제가 들어 있어 약품에 노출되면 1초 안에 심장이 정지하여 사망에 이르게 된다.

만약 이 공격도 통하지 않게 된다면 가옥 구석구석에 있는 마나코어 전동 건과 저격 프로그램이 들어 있는 양철 인형들이 방어에 나선다.

이들의 실력은 한국 특전사 한 개 사단과 맞먹는 전투력을 가졌다.

헬파이어 미사일을 맞고도 끄떡없는 내구성과 한번 정한 표적을 절대로 놓치지 않는 인공지능은 그들을 철저한 살인 기계로 만들어줄 것이다.

또한 이곳에는 각종 미사일에 대한 방어 시스템이 구축되어 있으며 핵탄두나 자연재해가 발생해 가옥의 존폐에 위험이 발생할 때엔 마나코어가 스스로를 희생해서 방어막을 치게 된다.

마나코어가 희생되면 신성력 마법의 진화형인 마도학 최고의 방어 마법 '엡솔루트 베리어'가 발동된다.

이는 약 10분간 그 어떤 공격도 통하지 않는 무적의 상태가 된다.

본래 엡솔루트 베리어는 시전자가 움직이는 동시에 그 효과가 무산되는 마법이다.

대신 시전자가 움직이지 않는다면 마나나 신성력을 모두 소모할 때까지 마법이 계속 이어진다.

이 안전 가옥의 경우엔 동적인 물체가 아니기 때문에 마나 코어의 마나가 모두 소진될 때까지 마법이 지속되는 것이다.

그러니까 이 안전 가옥은 마나코어가 소멸하기 전까지는 그 어떤 공격에도 무사할 수 있는 유일한 장소인 셈이다.

화수는 이곳에 잭키 브라이언트를 머물게 했다.

미국에서 이곳으로 재활 훈련을 위해 날아온 잭키는 화수에게 아주 순종적인 모습을 보였다.

"이곳에서 술은 구할 수 없어요. 만약 술을 만들어 먹거나 멀리 있는 마을에서 사서 마신다면 바로 계약은 해지입니다."

"예, 알겠습니다."

"또한 재활 훈련 도중에 포기를 선언해도 계약은 해지입니다. 아시다시피 기간이 그리 오래 남지 않아 지금 포기하면 곧장 다른 선수를 구해야 하니까요."

"포기할 일은 없을 겁니다. 제가 장담하지요."

"좋습니다. 그럼 당장 오늘부터 훈련에 돌입합시다."

"감사합니다."

한때는 F1의 신성이라고 불리던 잭키 브라이언트의 재활이 이제 막 시작되었다.

*   *   *

잭키 브라이언트의 상태는 생각보다 심각했다.

그가 평소 제대로 걸음을 걷지 못하고 자꾸 비틀거리는 것은 뇌하수체가 알코올로 인해 손상되었기 때문이다.

지금 그의 뇌는 일반인에 비해 무려 네 배나 빠른 노화가 진행되고 있었다.

한마디로 지금 이대로 놔두었다간 약년성치매로 발전할 가능성이 농후하다는 소리다.

또한 이미 뇌하수체가 신경 전달 기능 장애를 동반하고 있기 때문에 앞으로 정밀한 조종을 하긴 불가능할 것이다.

하지만 그는 불굴의 의지를 불태웠다.

벌써 나흘째 술을 끊고 화수와 함께 안전 가옥 주변을 뛰어다니면서 서서히 체력을 회복했다.

그러나 그는 몇 발자국 걷지 못해 넘어졌다 다시 일어서는 과정을 반복하느라 훈련 속도가 저조했다.

"허억허억……!"

잭키는 입에서 단내가 풀풀 나고 얼굴은 벌써 노랗게 질려 있었다.

화수는 그런 그에게 소리쳤다.

"여기서 포기해도 됩니다! 포기하실 겁니까?!"

"아, 아니요! 죽어도 합니다!"

F1 그랑프리로 돌아갈 수 있는 마지막 기회라고 생각하며 화수의 훈련에 따라오는 그의 의지는 참 대단했다.

불과 두 발자국 걸어가다 넘어져도 곧장 다시 일어나 화수를 따라 뛰었다.

그런 과정이 반복되다 보니 그의 몸은 금방 만신창이가 되어갔다.

하지만 화수는 그에게 동정 같은 값비싼 감정을 품지 않았다.

"일어나십시오! 지금 넘어지면 평생 넘어진 채로 살아갈 겁니다!"

"으아아악!"

이를 악문 그가 자리에서 일어나 다시 달리기 시작했고, 온몸 구석구석에 피가 흘러나오기 시작했다.

화수는 그런 그와 보조를 맞추면서 천천히 달렸다.

"뛰는 겁니다! 당신이 인간답게 살 수 있는 방법은 많지 않아요!"

"허억허억!"

가쁜 숨을 몰아쉬며 달리던 그가 이내 스르르 정신을 잃었다.

"아아……."

"이봐요!"

잭키에게 달려간 화수는 그의 심장에 귀를 대보았다.

"과호흡이군."

한꺼번에 너무 많은 산소를 흡입해서 몸에 무리가 온 것이다.

화수는 그의 입에 작은 마나코어 조각을 물렸다.

우우우우웅.

마나코어는 그의 입에서 녹아내려 온몸의 혈관을 타고 돌아다니면서 노폐물을 제거할 것이다.

그러는 동시에 지금 그의 몸에 일어나고 있는 이상 현상을 제어해서 금방 과호흡 상태에서 벗어나게 해줄 것이다.

"허, 허어억!"

"이제 정신이 좀 듭니까?"

그는 재빨리 자리에서 일어났다.

"저, 저는 할 수 있습니다! 계속하시지요!"

"이러다 죽을 수도 있어요. 그래도 괜찮아요?"

"괜찮습니다. 이대로 F1에 다시 나갈 수 없다면 차라리 죽는 편이 나아요."

잭키의 의지에 화수의 입가에 미소가 떠올랐다.

화수가 며칠간 그를 이도록 혹독하게 훈련시킨 것은 그의 의지를 파악하기 위함이었다.

이제 화수는 그에게 조금 빠른 길을 알려줄 것이다.

*   *   *

화수는 잭키에게 하루에 열 번씩 마나코어로 만든 환약을 복용하도록 지시했다.

마나코어가 그의 몸으로 스며들게 되면 지금 그의 몸에 쌓여 있는 노폐물을 제거하고 손상된 뇌하수체를 다시 구성하게 될 것이다.

하지만 그것은 본연의 신체능력을 회복시키는 것일 뿐, 그의 신체능력을 향상시키는 효과는 기대하기 힘들었다.

그는 잭키가 가진 본연의 재능을 최대한 살리기 위해 마나코어로 심장을 제어하는 일은 할 수 없었다.

과정이 조금 힘들고 괴로워도 자연적인 치유 방법을 강행하기로 한 것이다.

앞으로 한 달, 그는 그동안 인간의 상식을 초월하는 방식의 재활 훈련을 받게 될 예정이다.

화수는 아침 산보를 끝내고 쭉 뻗어버린 잭키에게 마나코어 환약을 건넸다.

"이것을 드십시오."

"감사합니다."

마나코어로 만든 환약은 먹는 즉시 효과가 오는 자양강장제였다.

그는 환약을 먹자마자 자리에서 벌떡 일어섰다.

"역시 신기하군요. 도대체 이런 약은 어디서 구하시는 겁니까?"

"말씀해 드릴 수 없습니다. 하지만 이 약이 당신을 구원해 줄 것임은 틀림없는 사실이지요."

화수는 아침 훈련을 끝낸 그를 데리고 헬스장으로 향했다.

세계 최고의 헬스트레이너들이 사용하는 헬스 기구를 직접 미국에서 공수해 온 화수는 옛 나르서스 제국의 기사단이 수련을 위해 행하던 훈련법으로 그를 단련시키기로 했다.

지금 그에게 가장 필요한 것은 근력과 근지구력이었다.

그런 능력을 키우기 위해서는 조금 과도한 무게로 천천히 트레이닝을 할 필요가 있었다.

처음에는 워밍업으로 전체 근력의 60%로 운동을 시작해서 한 세트마다 무게를 올려 마지막에는 80~90%의 근력으로 트레이닝을 한다.

워밍업으로 근육을 풀어주고 최대 근력으로 트레이닝을 소화하게 되면 근육의 무게가 증가하게 된다.

근육의 무게가 증가하면 잃어버린 근력을 되찾을 수 있기 때문에 근지구력을 키우는 것이 가능해진다.

현대의 훈련법은 의학이 전혀 발달하지 않은 나르서스에서도 그대로 사용되었다.

그 단련법을 바탕으로 대륙을 일통한 것이나 다름없으니 그 방법은 이미 검증된 것이라고 할 수 있었다.

화수는 가장 먼저 그에게 전신운동이면서도 주로 등 근육을 키워주는 데드리프트를 실시하도록 지시했다.

데드리프트의 종류에는 총 네 가지가 있는데, 오늘은 오로지 등의 근력을 키워주고 그 부피를 확장시키는 '루마니안 데드리프트'를 실시하도록 했다.

그가 들고 있는 바벨의 총무게는 10kg.

일반적인 여성이 한 달 넘게 트레이닝하면 충분히 들 수 있는 무게이다.

하지만 그는 이 가벼운 무게를 드는 데만 해도 전신이 덜덜 떨릴 지경이다.

"허억허억!"

"힘내세요! 들 수 있어요!"

데드리프트는 등 전체의 크기를 키워주는 운동이니만큼 부동근의 개입이 많았다.

그렇기 때문에 등뿐만이 아니라 하체와 팔에도 심한 부하가 오고 있을 터이다.

바벨을 바닥에서 들어 올려 몸을 수직으로 만든 후 2~3초가량 버티는 운동이 데드리프트다.

그의 몸은 수직이 되기도 전에 이미 사시나무 떨리듯 떨리고 있었다.

"허억허억!"

"포기할 겁니까?!"

"으아아아악!"

그는 끝내 10㎏짜리 바벨을 들어 올리는 데 성공했다.

"후욱후욱!"

"잘했습니다. 물 한 잔 마시세요."

"후우!"

깊이 심호흡을 한 번 하고 나니 뒤늦게 온몸에서 땀이 비오듯 흘러내렸다.

화수는 그런 그에게 수건을 건넸다.

"노폐물입니다. 전부 닦아내세요."

"감사합니다."

화수는 수건을 건네고 그의 눈을 가만히 바라보았다.

황달기가 보이던 그의 눈이 점점 정상으로 돌아오고 있었다.

"많이 좋아졌군요."

"단 일주일 만에 말입니까?"

"나와 당신의 노력 덕분이지요."

이제 비틀거리는 정도가 조금 나아진 그는 처음보다 훨씬 더 수월하게 훈련을 받을 수 있게 되었다.

아마 마나코어의 효능이 그의 몸에선 조금 더 효과적으로 그 힘을 발휘하는 모양이었다.

'좋아. 이대로라면 한 달 안에 재활에 성공할 수 있겠군.'

이제 일주일 정도면 일반인과 비슷한 정도의 신체능력을 갖겠지만 그것만으로는 F1에 나갈 수가 없다.

화수는 잠시 휴식을 취하고 있는 그를 독려했다.

"일어나십시오. 1분 지났습니다."

"그렇군요. 알겠습니다."

그는 화수의 지시대로 자리에서 일어나 다시 바벨을 잡았다.

그리고 그는 있는 힘껏 쓰러졌던 자신을 일으켜 세웠다.

"흐어어업!"

"좋아요! 그런 자세입니다!"

막막하던 재활 훈련에도 조금씩 길이 보이는 듯했다.

　　　　*　　　*　　　*

　오전에 재활 훈련을 끝내고 나면 안전 가옥으로 들어오는 길에 있는 포장도로에서 포뮬러 적응 훈련을 이어나갔다.

　훈련에 사용될 머신은 그가 은퇴 직전까지 자신의 애마로 사용했던 영국 PODYA사의 D2 모델이다.

　D2는 엔진의 출력을 높인 대신 차체의 안전성을 포기한 차다.

　순간 시속이 그 당시 자동차 중에서 가장 높지만 차량에 적용되는 다운포스는 5.5G나 되었다.

　이런 상황 속에서 집중해 차를 몬다는 것은 거의 불가능한 일이다.

　하지만 잭키는 이 차를 타고 월드챔피언까지 올랐던 사람이다.

　한마디로 지금 그만큼 웨지에 어울리는 드라이버도 없다는 소리다.

　부아아아아앙!

　엄청난 굉음을 울리며 달리는 D2의 후방에서는 첨단 장비를 갖춘 화수가 레이싱 상황을 지켜봤다.

　"속도를 조금 줄여요. 지금 당신의 몸으론 절대로 그 차를 예전처럼 몰 수 없어요."

─알고 있습니다. 하지만 어쩌면 예전의 절반 정도는 할 수 있을 것 같다는 생각이 드네요.

안전 가옥 근처의 도로는 약 4km가량의 직선과 여덟 개의 곡선으로 이뤄져 있다.

그 바깥으론 드넓은 초원지대가 펼쳐져 있어서 차가 도로를 벗어나도 큰 문제는 일어나지 않을 것이다.

하지만 시속 300km가 넘는 머신을 타고 달린다면 얘기는 달라진다.

그는 직선 코스에서 무려 290km/h까지 속력을 올렸다.

부아아아아앙!

"무리하지 말아요! 그러다 당신이 죽을 수도 있어요!"

─허억허억! 괜찮습니다. 할 수 있어요.

이윽고 곡선 코스의 진입로.

화수는 손에 땀을 쥐고 그의 1인칭 드라이빙 카메라 화면을 바라보았다.

잭키는 엄청난 압력을 이기며 차량을 올바르게 조작하고 있었다.

끼이이익, 철컥!

브레이크를 밟는 동시에 기어를 저단으로 낮추고 안정적인 코너링을 시전했다.

그리곤 곧바로 다시 엔진의 RPM을 올려서 가속 구간으로 나아갔다.

부아아아앙!

—허억허억!

흘러나오는 그의 목소리는 상당히 지쳐 있었다.

하지만 화수는 굳이 그의 질주를 말리지 않았다.

'아직 죽지 않았군.'

지금 이 상태론 F1 그랑프리의 규정에 맞는 트랙을 모두 완주할 수 없을 것이다.

그러나 정상적이지 않은 몸으로 여기까지 왔다는 것 자체가 대단한 일이었다.

"됐습니다. 이제 그만하고 피트인하시죠. 차를 정비합시다."

—알겠습니다.

자신의 상태를 완벽하게 파악한 그는 다시 화수가 있는 부스로 돌아왔다.

*　　　*　　　*

마오는 화수의 지시로 미국 전역에 퍼져 있는 팀 포디아(PODYA)의 전 멤버들을 찾아다니고 있었다.

그 첫 번째로 찾은 곳은 미국 뉴올리언스에 위치한 카센터였다.

이곳은 고속도로에서 온 사고 차량들이나 폐차 직전의 차량들을 모아다 수리하여 돈을 받고 있었다.

카센터의 사장이자 선임 엔지니어인 루카스는 젊은 나이이지만 이 근방에선 모르는 사람이 없을 정도로 실력이 뛰어난 사람이었다.

거기에 F1 그랑프리 팀 포디아의 마스터 메카닉이었다는 과거 때문에 외지에서 사람이 찾아올 정도로 명성이 자자했다.

하지만 그는 일반 자동차를 만지는 것에 신물이 나서 매일 술로 하루하루를 보내고 있었다.

늦은 밤, 카센터를 찾은 마오는 반쯤 열려 있는 방범셔터의 문을 두드렸다.

쿵쿵쿵!

한창 버번을 마시고 있던 루카스는 귀찮다는 듯이 말했다.

"영업 끝났수. 사람 죽는 일이 아니라면 내일 다시 오쇼."

"사람이 죽어가는 건 아니고 F1 그랑프리 때문에 찾아왔소."

순간 그의 고개가 마오의 쪽으로 돌아갔다.

"F1? 그쪽 사람이 이런 시골까진 무슨 일이쇼?"

"이런 드라이버를 아시오?"

그가 보여준 사진에는 잭키 브라이언트가 우승 트로피를 들고 서 있었다.

"…잭키?"

"우리가 최근에 섭외한 팀 드라이버요. 현재 한국 영월이라는 곳에서 재활 훈련을 받고 있지."

그는 실소를 흘렸다.

"후후후, 미쳤군. 잭키는 술 때문에 운전대를 잡을 수 없는 지경이오. 뭘 알고 지껄이는 거요?"

"믿지 못하겠다면 직접 그 증거를 보여주도록 하지."

마오는 스마트폰으로 지금 한국에서 한창 훈련에 몰두하고 있는 잭키에게 영상통화를 걸었다.

마침 잠시 쉬는 시간인지 그는 곧바로 전화를 받았다.

―여보세요?

"나요. 훈련은 좀 어떻소?"

―뭐, 그저 그렇지요.

루카스는 머신 위에 앉아 비지땀을 흘리고 있는 그를 바라보며 눈을 동그랗게 떴다.

"어, 어어어?"

잭키는 스마트폰 화면 너머로 얼빠진 표정을 하고 있는 루카스에게 장난스럽게 말했다.

―얼빠진 녀석, 아직도 그런 표정을 짓고 있나?

"재, 잭키?! 정말 자네인가?!"

―후후, 그럼 내가 유령이라도 되는 것 같아?

그는 도저히 믿을 수 없다는 표정이다.

"세, 세상에……!"

―내 모습이 신기하지? 나도 처음에 내가 이렇게까지 정상적인 모습으로 돌아다닐 수 있으리라곤 전혀 상상하지 못했어. 하지만 지금은 이곳 영월에서 훈련을 받고 있지.

루카스는 감동에 젖은 눈물을 흘렸다.

"흑흑, 드디어 네가 정상으로 돌아왔구나!"

―다 강 사장님 덕분이지.

그는 한창 머신을 조율하고 있는 화수에게 카메라를 돌렸다.

그러자 화수는 그에게 관련 장비들을 보여주며 말했다.

―어서 제자리로 돌아오시죠. 이곳은 제가 있을 곳이 아니라 당신이 있을 곳입니다.

"도, 도대체 뭐가 어떻게 돌아가는 것인지…….

마오는 지금의 상황에 대해 설명했다.

"우리는 2억 달러가 넘는 자금을 출자 받아 F1 레이싱 팀을 꾸렸습니다. 이미 머신의 개발도 끝났고 엔진도 60대가량 확보해 두었소. 이제 투자 회사들의 이름을 걸고 출전 신청만

내면 되는 상황이지. 하지만 그에 필요한 메카닉들이 없는 상태요."

루카스는 한 치의 망설임도 없이 말했다.

"내가 들어가겠소. 그리고 저와 함께 팀을 꾸렸던 엔지니어들까지 모두 집합시키겠소. 어차피 녀석들도 그때를 그리워하고 있을 테니 말이오."

그는 루카스에게 미리 호시절과 같을 수는 없다고 경고했다.

"입단에 앞서 말하는 것이지만 우리는 우승이 불발 나는 동시에 해체요. 당신도 목숨을 걸지 않으면 거리에 나앉을 수도 있다는 소리지요."

"상관없수. 그가 간다면 나도 가는 것이니까. 우리를 우승으로 이끌었던 잭키만 있다면 다른 것은 아무것도 필요 없소."

마오는 그에게 입단 계약서를 40장 내밀었다.

"당신 것을 포함한 단원들의 입단 계약서요. 일단 그랑프리를 진행할 수 있는 최소한의 인원을 모집하는 것을 목표로 하자고."

"그렇게 하겠소."

이제 남은 것은 레이싱을 총괄하는 레이스 디렉터를 섭외할 차례다.

　　　　　*　　　　　*　　　　　*

　캐나다 몬트리올에 위치한 노인 휴양소.

　휘이이이잉!

　차가운 바람이 불어오는 휴양소 테라스에 앉은 백발의 노
신사가 황망한 눈으로 겨울 설산을 바라보고 있었다.

　"춥구나."

　한때는 F1을 호령하던 사령관 닉 라이언은 이제 자식들조
차 찾지 않는 휴양소 늙은이가 되어버렸다.

　그는 잠시 눈을 감고 화려하던 그때를 떠올렸다.

　와아아아아!

　사람들의 함성 소리와 포뮬러가 뿜어내는 배기 음이 뒤섞
여 그의 굳어 있던 심장을 다시 뛰게 만들었다.

　두근두근.

　그는 눈을 감은 채 씁쓸한 미소를 지었다.

　'그래, 그때로 돌아갈 수 있다면 수억 달러라도 낼 텐데.
아니, 내 영혼을 팔아도 좋아. 그때로 돌아갈 수만 있다면.'

　가만히 눈을 감고 있던 그에게 한 청년이 다가왔다.

　"마스터 라이언?"

　그에게 마스터라고 불리던 시절은 이미 지나가고 없었다.

하지만 그 당시의 기억이 그의 몸을 자연스럽게 움직이게 만들었다.

"누군가?"

눈을 뜬 그의 앞에 선 청년은 아주 정중하게 고개를 숙였다.

"강화수라고 합니다. 이번에 F1 그랑프리에 참가할 예정이지요."

"F1?"

"예, 어르신. 결례가 안 된다면 제 머신에 대한 평가를 좀 부탁드리고 싶은데요."

"머신을?"

"예, 부탁 좀 드리겠습니다."

그는 주머니에 있던 돋보기안경을 꺼내 들었다.

"어떤 놈인지 한번 보여주게."

"감사합니다."

화수는 자신의 태블릿PC를 꺼내어 동영상을 재생시켰다.

부아아아아아앙!

동영상에는 일반 도로를 질주하고 있는 한 대의 포뮬러가 나온다.

영상의 하부에는 지금 이 머신이 내는 속도와 저항력 같은 수치들이 표시되고 있다.

―최고 속도 : 350㎞/h, 순간 다운포스 : 5.6G

그는 최신 기술에 기반을 둔 머신을 바라보며 나쁘지 않다는 듯이 고개를 끄덕였다.

"물건이 꽤 괜찮군. 밸런스도 좋고 출력도 이 정도면 합격이고."

"그렇군요."

계속해서 동영상을 시청하던 닉 라이언은 이내 눈을 동그랗게 떴다.

위이이잉, 퍼엉!

슈아아아아아아악!

마치 비행기의 제트 엔진이 내뿜어내는 아지랑이가 차량 배기구에서 뿜어져 나왔다.

아마도 그 압력 때문에 차량의 속도가 비약적으로 상승하는 모양이다.

영상 하부에 나오고 있는 글귀는 순간 시속이 457㎞/h에 다운포스가 7.8이라고 나와 있다.

"이, 이런 물건이……."

"터보 엔진에 복사열 충전식 부스터를 달았습니다. 어찌 보면 형평성에 맞지 않지만 규정 위반은 아닙니다."

닉은 고개를 가로저었다.

"아니, 그런 문제가 아닐세. 이렇게 엄청난 속도를 갑자기 내뿜게 되면 드라이버가 견디지 못할 걸세. 또한 차량에 과부하가 걸려서 머신이 아주 엉망진창으로 변해 버릴 거야. 이런 기능은 차라리 안 쓰는 것이 좋겠어."

"조언 감사합니다."

영상을 모두 감상한 닉은 화수에게 다른 머신을 사용하라고 조언했다.

"F1은 속도만이 전부가 아니야. 뛰어난 코너링 감각과 퍼포먼스도 중요하지. 지금 자네의 머신과 같은 경우엔 오로지 속도에만 집착하지 않았나? 이런 차는 F1에서 우승한다고 해도 인기를 끌 수가 없어."

그는 레이싱 디렉터로서 경기의 전반적인 부분을 총괄하는 사람이었지만 경기장 외부의 일도 신경 써야 했다.

이를테면 지속적인 광고 효과를 누리거나 자동차 부품 판매 수익을 올리기 위한 퍼포먼스까지 신경 썼던 것이다.

화수는 그에게 깊이 고개를 숙였다.

"아무튼 이런 귀한 말씀 감사합니다. 제가 뭔가 사례라도 해드리고 싶습니다만."

"허허, 사례는 무슨. 나도 오랜만에 머신이 달리는 모습을 보아서 기분이 좋았다네. 나중에 또 내가 필요하다면 언제든 찾아오게."

"정말입니까?"

"물론이지."

"그럼 제가 함께 F1 그랑프리에 나가자고 부탁한다면 들어주실 겁니까?"

순간 닉이 고개를 갸웃거렸다.

"그게 무슨 소리인가?"

"말 그대로입니다. 어르신께서 우리 팀의 디렉터가 되어주셨으면 합니다."

닉은 실소를 흘렸다.

"허허, 지금 자네 나와 농담 따먹기나 하자고 찾아온 건가? 그게 무슨 말도 안 되는 소리인가?"

"헛소리나 하자고 귀한 시간을 빼앗은 게 아닙니다. 저는 진심으로 어르신께서 감독을 맡아주셨으면 하고 부탁드리는 겁니다."

"그런 말도 안 되는……."

"한 청년이 어르신을 찾습니다. 그래서 저는 어르신을 꼭 모셔가야 합니다."

화수가 닉에게 포뮬러 위에서 비지땀을 흘리고 있는 잭키 브라이언트의 사진을 건넸다.

"잭키?"

"예, 어르신. 어르신이 구단의 주주로 계실 때 마지막 드라이버로 활동하던 잭키입니다. 한때는 폐인이 되었다가 이제막 재기를 준비하고 있지요."

"잭키가 나를 찾는다고?"

"예, 어르신."

그는 슬그머니 미소를 지었다.

"허허, 녀석 참. 별일을 다 벌이는군."

"함께 가주시겠습니까?"

잭키는 F3에서 닉이 직접 스카우트해서 팀으로 데려왔던 선수다.

그런 그이니만큼 닉에게는 아주 특별한 인연이라고 할 수 있었다.

"그런데 자네, 내 나이가 몇인 줄 알고 그런 소리를 하는 겐가?"

"알고 있습니다. 올해로 일흔넷이 되셨지요. 100세 시대에 일흔넷이면 아직 한창때 아닙니까?"

닉은 화수의 당돌한 발언에 호탕하게 웃었다.

"허허, 허허허허! 그렇군. 100세 시대에 이 정도면 청년이지."

"함께 가시지요."

그는 흔쾌히 조건을 수락했다.

"좋아. 함께 가겠네. 하지만 내가 팀에 들어가는 대신 나의 측근들을 대동할 수 있겠나?"

"측근이요?"

"내가 F1에 나갈 정도면 그들 역시 출전할 수 있을 거야."

닉은 자신과 함께 트랙을 누비던 팀 매니저와 팀 닥터 등을 호출하고 싶었던 것이다.

그들의 나이가 아무리 못해서 일흔은 족히 되었을 테니 이 또한 무리수라고 할 수 있었다.

하지만 화수는 상관없다는 듯이 고개를 끄덕였다.

"좋습니다. 함께 가시지요."

"괜찮겠나?"

"후후, 브레맨 음악대가 성공한 것은 나이 때문 아닙니까? 결과는 아주 좋을 겁니다."

"브레멘이라…… 마음에 드는군."

그는 화수가 건넨 전속 계약서를 받아 들었다.

*   *   *

화수는 영월의 안전 가옥으로 레이싱 팀의 구성원들을 모두 모았다.

그들은 자신들의 생업 전선을 모두 물리치고 오로지 잭키 브라이언트라는 선수 한 명만 보고 달려왔다.

트랙을 떠난 지 어언 10년이 넘었지만 그들의 실력은 여전했다.

12월, 슬슬 마나코어로 인해 신경이 회복된 잭키는 이제 이전의 기량을 거의 다 회복해 가고 있었다.

부아아아아앙!

영월에 있는 포뮬러 경기장을 대여해서 갖게 된 연습에서 잭키는 전성기 기록에서 0.7초 뒤지는 결과를 냈다.

끼이이이익!

한 바퀴를 돌고 피트인 한 그에게 피트크루와 메카닉들이 달려온다.

"한 바퀴 더 돌자고. 세팅은 이대로 다시 한 번."

"오케이. 타이어 한 번 갈고 다시 가자고. 주유 후에 곧바로 시작하자."

"알겠어."

피트크루는 차량이 피트인했을 때 벌어지는 전반적인 교체 업무를 담당하여 차량의 컨디션을 최고로 끌어올리는 역할을 하고 레이싱의 데이터를 분석하여 메카닉이나 엔지니어에게 전달한다.

그리고 메카닉들은 차량의 피트크루들이 분석한 데이터를 머신에 적용하고 레이서의 조언을 토대로 차량을 조율한다.

이렇게 F1 팀은 유기적으로 팀을 움직여 최고의 기록을 세우게 되는 것이다.

최종적으로 영상을 감독하던 팀 디렉터 닉이 총평을 했다.

"머신의 안전성을 조금 더 낮추도록."

"예? 그게 무슨 말씀이십니까?"

"이건 어디까지나 연습을 위한 드라이빙이네. 이 머신으로 대회에 나가지는 않을 거야. 그러니 이보다 훨씬 더 악조건에서 드라이빙할 수 있는 여건을 갖추어야 한다는 소리지."

"으음."

팀 엔지니어인 루카스가 걱정스러운 말투로 물었다.

"잘못하면 레이서가 다칠 수도 있습니다. 그래도 세팅을 바꿉니까?"

"어차피 직선에서의 속도만 측정하는 데모 드라이빙이네. 위험한 요소는 그리 많지 않아. 게다가 이곳에서 사고가 날 정도라면 본 게임에서 죽지 않으리라는 보장이 없어."

"알겠습니다. 그럼 세팅하겠습니다."

메카닉과 피트크루들이 머신의 세부 사항을 조율했다.

그리고 다시 이뤄진 데모 드라이빙.

부아아아아아앙!

영암 F1 그랑프리 트랙의 직전 코스를 내달리는 D2의 배기음이 크루들의 심장을 울린다.

하지만 어느새 그들의 시선은 머신이 만들어내는 수치에 고정되었다.

"순간 시속 330㎞에 랩타임(Lep time)ー0.3입니다."

"으음, 많이 좋아졌군."

머신을 조금 더 가속에 특화되게 고정시킨 크루들은 지금의 수치를 기록해 차트로 만들어냈다.

그 차트를 바라보던 팀원들 뒤로 화수가 다가왔다.

"훈련은 잘되어갑니까?"

"사장님 오셨습니까?"

화수는 팀원들을 한 군데로 집합시켰다.

"잠시 모여주십시오."

"예, 사장님."

구단주인 화수에게로 40명의 팀원이 모여들었다.

화수는 그들에게 팀의 로고가 새겨진 유니폼을 나누어 주었다.

"FOM과의 협상이 끝났습니다. 우리가 21번을 달고 달릴 수 있게 되었어요."

"오오!"

"우리는 레이싱 팀 브레멘이라는 이름으로 출전하게 될 겁니다. 이제부터 이 옷이 여러분의 유니폼입니다."

"브레멘이라……."

이제는 모두 F1에서 은퇴하여 자신만의 생업에 종사하고 있었지만 그들의 노익장은 반드시 그랑프리에서 빛을 발할 것이다.

유니폼으로 갈아입은 후 닉은 곧장 팀원들을 독려했다.

"자자, 다시 한 바퀴 돌자고. 준비들 해."

"예!"

F1 그랑프리의 머신 발표회가 한 달 앞으로 다가왔다.

『현대 마도학자』 8권에 계속…

외전

Part 1

　2월.

　이제 슬슬 얼어 있던 대륙이 서서히 녹아 다시 싹을 틔우기 시작했다.

　카미엘은 막 푸르게 돋아나고 있는 초원을 가로질러 황도 나르세우스로 향하고 있었다.

　다그닥다그닥!

　그의 뒤를 따르는 인원은 두 명, 제이나 자작과 아나니아 백작이다.

　이들은 레비로스가 준비한 안전 가옥으로 말을 몰았다.

"이제 얼마나 남았나?"

"약 삼 일 정도 남았습니다. 여기서 하루만 더 말을 달리면 튜란츠 대운하가 나옵니다. 그곳에서 다시 동북부 갈래로 빠져나가면 곧장 안전 가옥으로 향하는 계곡에 닿습니다."

지금 카미엘이 서 있는 나란트 평야는 도적들이 자주 출몰하기로 유명했다.

때문에 아나니아 백작령에서 행상을 꾸리는 상인들은 이곳을 에둘러 일주일이나 걸리는 나란트 산맥을 지나 대륙의 서쪽으로 향했다.

서쪽까지 가기만 하면 배를 타고 엘레노아 대륙과 아시나 대륙으로 건너갈 수 있고 이문이 꽤 많이 남기에 안전을 우선시하는 것이다.

일주일 동안의 고생과 목숨을 맞바꾸는 도박은 벌이지 않는 것이 아나니아 상인들의 방침이었다.

카미엘은 말을 달리면서 나란트 평야 이곳저곳에 널려 있는 상단 깃발을 바라보며 말했다.

"중앙군을 이끌고 내려왔을 때 정리했어야 하는데 내가 실수했군."

아나니아 백작은 고개를 가로저었다.

"아닙니다. 공작께서 이곳에 오시기 훨씬 이전부터 도적들의 소탕은 계속되고 있었습니다. 하지만 그들의 세력이 워낙 광범위하게 포진하고 있어서 아무리 죽이고 죽여도 그 수가 줄지를 않았습니다. 아마 공작께서 군을 일으키신다고 해도 일 년 안에 이들을 숙청할 수 있을지는 의문입니다."

"백작께서 그렇게 말씀하실 정도면 보통내기들이 아닌 모양이오."

"마치 번식력이 뛰어난 바퀴벌레를 보는 것 같습니다. 지금과 같은 시국에 도대체 어디서 단원들을 모집하는 것인지 모르겠습니다."

나르서스 제국이 대륙을 일통하는 동안 대륙에 사는 모든 나라는 예전보다 훨씬 더 풍족한 삶을 살 수 있게 되었다.

제국이 지금까지 쌓아온 부유함은 그 상상을 초월하기 때문에 병탄한 국가들에게 구휼미를 풀고 마을을 보수하는 자금을 조달하고도 재정이 탄탄하게 유지되고 있었던 것이다.

그리고 각 지방의 소영주들과 지주들이 가진 부정 이득을 전부 다 시민들에게 돌려주어 생활수준이 이전에 네 배 정도 나아졌다.

한마디로 나르서스 제국은 강력한 전투력으로 대륙을 병탄하고 다녔지만 그에 못지않게 민생을 궁휼하고 다녔던 것이다.

지금과 같은 상황에 반정부적인 성향을 가진 사람이 아니라면 이런 도적질을 하고 다닐 리가 없었다.

카미엘은 좀처럼 소탕하기 힘든 도적 떼에 대해 무척이나 궁금해졌다.

"자작."

"예, 사령관님."

"혹시 저들에 대한 정보를 좀 얻어낼 수 있겠나?"

"정보부 동북부 지부에 기별을 넣겠습니다."

"소식이 당도하는 데 걸리는 시간은?"

"아마 우리가 안전 가옥에 당도할 때쯤이면 받을 수 있을 겁니다."

"알겠네. 부탁 좀 하지."

"예, 각하."

카미엘 일행은 계속해 말을 달렸다.

*   *   *

말을 타고 달린 지 하루.

드디어 대운하에 도착할 수 있었다.

한데 오늘은 아무래도 대운하를 타고 동북부로 향할 수 없을 것 같았다.

"오늘은 운하를 통제하겠소! 돌아가시오!"

대운하는 제국이 각 지방에서 세금을 거두어들이기 위해 만든 것이다.

지금은 대륙 전역에 걸쳐 있는 제후국들에게서 상납 받을 조공을 거둬들이는 데 사용되고 있다.

또한 제국은 이 대운하를 통해 대륙 전역으로 수군을 보내 병탄에 사용하기도 했다.

대운하는 총 네 갈래로 갈라져 대륙 전역 어디로든 배를 띄울 수 있도록 설계되었다.

그렇기 때문에 대운하를 타면 말을 타거나 도보로 이동하는 것보다 족히 열 배는 빨리 움직일 수 있다.

만약 대운하를 통제하게 되면 상인들은 물론이고 백성들의 발이 꽁꽁 묶여 버린다.

카미엘은 자신의 신분을 숨긴 채 병사들에게 다가가 물었다.

"갑자기 운하를 통제하는 이유가 뭐요?"

"자세한 이유는 알려줄 수가 없소. 그러니 돌아가시오."

"아니, 제국에서 시민들의 혈세를 거두어 만든 운하를 군부가 통제한다는 것이 말이 되는 소리요?"

병사는 카미엘의 질문에 사납게 인상을 구겼다.

"거참 말이 많군. 말이 너무 많으면 일찍 죽는다는 사실을 모르는 거요?"

아무리 제국군이라고 해도 일반인에게 함부로 병기를 휘두르게 되면 참수형을 면치 못한다.

이것은 카미엘이 대륙을 일통하고 다니면서 세운 군법 중의 하나인 '시민우선법'에 의거하는 사항이다.

제국군은 반역이나 자경단 활동, 첩자 활동과 같이 국가의 이익에 위배되는 활동을 한 자가 아닌 경우 함부로 위협이나 폭력을 가할 수 없도록 법을 제정했다.

군부를 통제하는 것은 황제의 소관도 아니고 문신들의 소관도 아닌 오로지 카미엘의 소관이다.

그가 정한 법은 군내에선 천명보다 더 엄격하게 지켜져야 한다.

그럼에도 불구하고 병사가 이렇게까지 말하는 것을 보면 뭔가 심상치 않은 일이 벌어지고 있는 것이 틀림없었다.

카미엘은 이내 발걸음을 돌려 일행에게로 돌아왔다.

아나니아 백작 필립 또한 운하 입구를 봉쇄하고 있는 병사들에게 사정을 수소문해 봤지만 번번이 퇴짜를 맞았다고 한다.

"아무래도 이상합니다. 운하를 통제하다니, 운하는 황명이 아니면 폐쇄할 수 없는 것 아닙니까?"

제이나가 고개를 가로젓는다.

"아닙니다. 수적들이나 비적들이 일천 명 이상 출몰하면 운하를 통제하도록 되어 있습니다. 이건 선황께서 제정하신 법이지요."

"수적들이라……. 그럼 이곳도 평야와 같이 도적들 때문에 길이 막혀 버린 것이군."

"그렇다고 할 수 있습니다."

카미엘이 나르서스 군의 총사령관이 된 이후에 이런 일이 벌어진 것은 처음이다.

그는 국가 안팎으로 벌어지는 반란과 범죄 행위에 대해 상당히 단호하게 대처했다.

그렇기 때문에 제국령에 있는 영토에서 감히 반역이나 범죄 단체 조직을 만드는 일을 벌이는 사람은 있을 수가 없었다.

특히나 카미엘은 백 명 이상의 남자가 모이는 것을 엄격히 통제하여 단체 조직을 억제해 왔다.

그런 가운데 천 명이 넘는 수적이 나타났다는 것은 뭔가 좀 이상한 감이 있었다.

"아나니아 백작."

"예, 각하."

"아무래도 뭔가 낌새가 심상치 않소. 그대가 직접 나서줘

야겠어."

"하명하시지요."

카미엘은 그에게 순백색 명패를 건넸다.

"이것을 가지고 동북부에 주둔하고 있는 제9군으로 향하시오. 9군사령관은 나의 제5부관이었으니 명패를 보자마자 해적토벌단과 암살단을 꾸릴 것이오."

"알겠습니다. 9군으로 가겠습니다."

"그대가 9군의 임시사령관으로 부임하여 병사들을 지휘하시오. 아마 9군사령관도 아나니아 백작이 임시사령관이 된다면 기뻐하며 따를 것이외다."

"예, 각하. 지금 당장 출발하겠습니다."

원래 카미엘은 필립과 제이나를 데리고 레비로스의 안전 가옥으로 향하려고 했다.

그곳에서 레비로스를 만나고 지금 한트가 벌인 일을 수습하는 회의를 갖으려 한 것이다.

하지만 일단 카미엘이 먼저 레비로스를 만나 우선 회의를 하고 나머지 사항에 대한 것은 수적을 토벌한 후에 의논해야 할 것 같았다.

"자작."

"예, 각하."

"운하를 타고 동북부로 향하는 길 말고 다른 방법은 없나?'

"있긴 합니다만 상당히 느릴 겁니다."

"그럼 운하를 타는 다른 방법은?"

"있습니다. 운하 중간에 있는 정보부 전용 통로를 이용하는 겁니다."

"좋아. 그럼 그렇게 하지."

"하지만 반나절 정도 더 걸릴 겁니다."

"괜찮네. 여기서 발이 묶이는 것보다는 나아."

"예, 알겠습니다."

두 사람은 운하 중앙 지역으로 향했다.

*   *   *

운하가 통제되고 있긴 했지만 운하의 곳곳에 검문소를 설치하여 전체를 통제하는 것은 현실적으로 불가능했다.

무려 600㎞에 달하는 중앙운하를 전부 다 통제한다는 것은 어불성설이었던 것이다.

또한 중앙운하보다는 각 1,000㎞에 달하는 지방운하를 수비하지 않고선 수적을 잡을 수 없으니 중앙보다는 지방으로 군사들이 몰릴 터였다.

덕분에 카미엘과 제이나는 운하 중앙 지역까지 말을 타고 달려 비밀 통로로 들어갈 수 있었다.

도로를 쌓는 벽돌로 만든 운하는 그 단단함이 여타 다른 성벽과 비교해도 손색이 없을 정도로 튼튼하다.

하지만 그 운하에도 빈틈은 있게 마련이다.

"정보부는 운하의 취약 지점을 보완하는 대신 그곳을 서로 이어 비밀 통로를 만들었습니다. 덕분에 우리 정보부는 비밀리에 운하를 타고 다닐 수 있지요."

"오호, 그런 것이 있는 줄은 몰랐네."

제국군 정보부는 여타 다른 군부의 조직보다 약 열 배나 빠른 기동성을 보유했다.

황제조차 모르는 그들의 기동법에 대해 여러 가지 추측이 있었지만 사실과 일치하는 것은 없었다.

설마하니 운하의 취약 지점을 이어 비밀 통로를 만들었을 줄은 꿈에도 몰랐다.

"운하가 지어진 시절엔 수맥을 분간하는 것이 불가능했다고 합니다. 그래서 이런 취약 지점이 많이 생겨났지요. 수맥을 억지로 막고 다른 곳으로 물길을 뚫었던 것이지요. 하지만 그 틈이 완벽하게 메워지지 않아 물난리만 나면 문제가 되었습니다. 그곳을 정보부가 보수하면서 몰래 길을 뚫은 것이지요. 이것은 운하를 만든 15대 폐하가 승인하고 그 사항에 대한 것을 특급 기밀로 만들어 봉인해 버렸지요. 덕분에 우리는 제국의 게릴라전을 성공적으로 수행할 수 있었지요.”

“과연 선견지명이 대단하다고밖에 할 수 없군.”

15대 황제 리안 나르서스는 그 지략과 무력이 타의 추종을 불허할 정도로 대단했다고 전해진다.

그때 운하가 만들어지고 제국의 기틀이 닦인 것을 생각하면 그의 능력은 가히 전설로 남을 만했다.

모든 기사의 표상인 리안의 선견지명은 카미엘이 저절로 삼탄사를 뱉어낼 정도다.

제이나는 대운하의 방죽을 따라 약 10분 정도 말을 몰다가 이내 독수리 동상이 있는 곳에 멈추어 섰다.

“여깁니다.”

그녀는 분명 말은 물론이고 마차가 들어갈 수 있을 정도의 공간이 존재한다고 했다.

하지만 방죽에는 개미새끼 하나 들어갈 틈이 없어 보였다.

“이런 곳에 무슨……”

“잘 보십시오.”

제이나는 방죽에 있는 독수리 동상을 좌로 밀어냈다.

그러자 동상의 아래에 숨겨져 있던 철문이 모습을 드러냈다.

구그그그그!

“미스릴?”

철문은 미스릴로 만들어져 있었다.

이것은 카미엘의 애병인 레이피어를 이루고 있는 물질과 같았다.

"마법이 걸려 있군."

"홀로그램 마법이 걸려 있습니다. 독수리 동상을 치워낸다고 해도 철문이 존재한다는 것을 알아볼 수 있는 사람은 얼마 안 됩니다."

"으음, 그렇군."

카미엘이 대륙 최고의 마도학자가 아니었다면 철문의 존재를 파악할 수도 없었다는 소리다.

제이나는 철문의 중앙에 손바닥을 가져다 대었다.

우우우웅!

"철문에 자네의 혈액을 흡수시켰군."

"예, 그렇습니다."

철문을 만들 때 걸어둔 마법이 시전되는 조건에 사람의 혈액을 포함시키면 지속적으로 철문을 열 수 있는 사람의 신분을 바꿀 수가 있었다.

아마도 대대로 정보부장들은 철문에 혈액을 흡수시켜 철문을 통과할 수 있도록 했을 것이다.

스으으윽!

이토록 두꺼운 철문이지만 문이 움직일 때 아무런 소리도 들리지 않았다.

"중력 마법도 걸린 건가?"

"아무리 기동성이 중요해도 보안이 생명이니까요."

"훌륭하군."

철문을 지나 운하의 비밀 통로 안으로 들어가니 제법 넓은 물길이 보였다.

"이곳을 타면 안전 가옥까지 이틀이면 닿을 수 있나?"

"예, 그렇습니다. 만약 오늘 물살이 더 좋다면 속히 하루 반나절이면 닿을 겁니다."

"다행이군."

운하의 물길은 성인 남성 열 명 정도가 나란히 수영할 수 있을 정도의 넓이다.

하지만 물의 깊이는 성벽보다 훨씬 더 깊어서 종으로 긴 배라면 얼마든지 띄울 수 있었다.

제이나는 물길 중간중간에 있는 배들 중 적당한 것을 하나 내려서 물에 띄웠다.

그곳에 말과 행낭까지 싣고 나서 길을 떠났다.

"가시죠."

"그러지."

배에는 물레방아의 바퀴가 달려 있었다.

그것이 고무로 연결되어 자동적으로 움직이도록 되어 있

었다.

"아참, 마나석을 구매한다는 것이 깜빡했습니다."

"괜찮아."

카미엘은 배의 중앙에 있는 홈에 자신의 손을 가져다 대었다.

끼리리리릭!

배의 동력을 마나가 대신하기 때문에 카미엘의 손만 있다면 충분히 앞으로 나아갈 수 있을 것이다.

솨아아아아!

깊고 긴 운하를 따라 카미엘을 태운 배가 물살을 가르기 시작했다.

*   *   *

동북부 지역 아란츠 협곡에 위치한 아란츠 자작령에 주둔 중인 9군으로 필립이 찾아왔다.

9군사령관 제롬은 카미엘이 보낸 순백색 명패를 보자마자 즉시 부복했다.

촤락!

"각하!"

"일어나시오."

필립은 그에게 명패를 건네며 말했다.

"지금 즉시 9군은 해적토벌단을 꾸려 중앙부로 이동하시오. 임시군단장은 나 아나니아 필립이 맡게 될 것이오. 하지만 나는 표면상으로 얼굴을 드러낼 수 없으니 지금의 지휘 체계는 바꾸지 않겠소."

"예, 알겠습니다."

제롬은 군부의 수장들을 수뇌부 막사로 불러들였다.

막사 안으로 들어선 장수들은 전설적인 기사 아나니아 백작에게 일제히 부복했다.

촤락!

"백작님을 뵙습니다."

"일어나게."

"영광입니다."

"앞으로 내가 임시사령관을 맡게 될 걸세. 하지만 지금의 지휘 체계를 유지하여 대외적으로 내가 있다는 것은 알리지 않았으면 하네."

"여부가 있겠습니까."

카미엘이 제이나가 아닌 필립을 보낸 것은 정보부의 수장이 동행 길에 필요했기 때문도 있지만 필립이 병권을 쥐는 것이 훨씬 더 좋을 것 같았기 때문이다.

아나니아 백작 가문은 대대로 제국 최고의 기사들을 배출해 냈기 때문에 전술적인 작전에도 조예가 깊었다.

필립은 지금 대운하를 봉쇄한 병력들에 대해 물었다.

"중앙 지역을 점거한 병력은 어디서 온 것이오? 중앙군이오?"

"아닙니다. 한트 재상의 명령으로 남부수비군이 지원을 왔다고 하더군요."

"남부?"

현재 중앙군의 숫자는 무려 10만이 넘는다.

그럼에도 불구하고 굳이 남부 병력을 중앙까지 끌어들이는 것은 시간낭비이며 재정 낭비다.

게다가 이렇게 시기적절하게 남부군이 집결해 올라왔다는 것이 좀 이상했다.

"뭔가 꿍꿍이가 있는 모양이군."

"각하의 명령이라면 그들은 당장 철수할 겁니다. 이 명패를 중앙 지역에 보여줄까요?"

그는 고개를 가로저었다.

"아니오. 그렇게 된다면 각하께서 건제하다는 것을 한트가 알게 될 것이오. 그렇게 되면 한트가 직접 움직일 것이오. 지금 각하께선 그를 전면에서 상대할 여력이 없단 말이오."

"그렇군요. 제 생각이 짧았습니다."

아란츠 자작은 제국군 돌격대장을 맡았던 최고의 기수다.

기수 특유의 돌격 본능과 후퇴를 모르는 임전무퇴의 기상은 가히 모든 기사의 표상이라고 할 수 있었다.

하지만 돌격대장으로 오래 역임하다 보니 전략적인 면에 약하다는 맹점이 있었다.

카미엘은 그 점을 익히 알고 있었기에 참모로 필립을 보낸 것이다.

"우선 대운하를 점거하고 있는 병력들 몰래 수적의 심장부로 침투해서 그들의 본거지를 궤멸시키는 것이 좋겠고, 나란트 평야에 있는 도적들은 그 이후에 아나니아 기사단과 합류하여 토벌하는 것으로 합시다."

"그리하시지요."

"지금 당장 군대를 이동시킬 수 있겠소?"

"네 시간만 주신다면 완전군장에 원정 준비까지 모두 마칠 겁니다."

"좋소. 그럼 네 시간 후에 곧장 본대를 이동시키도록 합시다."

"예, 백작님."

9군은 아주 조용히 주둔지를 철수시키고 군장을 꾸리기 시작했다.

*　　　*　　　*

운하에서 약 하루 반나절을 보내고 나니 그녀가 말한 계곡이 모습을 드러냈다.

방죽을 따라 이어지던 길이 없어지고 드디어 하늘이 뻥 뚫린 지역에 도달한 것이다.

카미엘은 물론이고 함께 배에 타고 있던 말들까지 아주 속시원하다는 표정을 지었다.

"후아, 이제야 좀 살 것 같군."

제이나는 숲 속에 배를 숨겨놓고 곧장 말을 타고 계곡의 산비탈을 오르기 시작했다.

경사가 제법 높긴 하지만 원래 말은 오르막길에 강하기 때문에 체력에는 큰 문제가 없을 것이다.

더군다나 카미엘의 말은 마도병기이기 때문에 45도의 경사를 무려 이틀 연속 오르내릴 수 있었다.

비탈길을 계속해서 오르던 카미엘은 주변의 광경이 수풀에서 바위 지대로 바뀌는 것을 알 수 있었다.

"바위 지대라……. 방어에 좋겠군."

"황제께서 이곳의 수풀을 모두 깎아내고 바위 지대로 만드셨습니다. 만약 적이 쳐들어온다면 이곳에 각종 방어 무기들을 배치하도록 한 것이지요."

바위산의 곳곳에는 병참기지로 보이는 창고들이 위치해 있었다.

그 주변에는 나무로 만든 목책과 철제 삼각 오뚝이가 서 있었다.

"산속에 요새를 만드실 생각이었던 모양이군."

"이제 곧 이곳에 성벽을 쌓을 예정이랍니다. 그리고 바위 지대 곳곳에 궁수들의 저격 지점을 만들어두어 암살에 대비할 것입니다."

카미엘과 제이나가 안전 가옥 근처에 도착할 즈음에 그녀의 부관 한나가 두 사람을 마중했다.

팟!

하늘에서 뚝 떨어진 그녀는 제이나에게 부복했다.

"오셨습니까?"

"나보다 이분께 먼저 예를 갖추는 것이 옳다."

그녀는 그제야 카미엘에게로 돌아 읍했다.

"공작 각하를 뵙습니다."

"정보부엔 별일 없나?"

"예, 각하."

"그렇군. 개인적으로나 내부적인 애로 사항은?"

"예, 예?"

"제국군 총사령관으로서 한 병사의 애로 사항을 묻는 것일

세. 애로 사항은 없나?"

"없습니다."

제이나는 슬그머니 미소를 지었다.

"괜찮아. 각하께서는 어지간한 안건은 다 들어주실 것이다."

그제야 그녀는 사실대로 고했다.

"그럼 염치불구하고 말씀드리겠습니다."

"말하게."

"정보부의 녹봉이 너무나 형편없이 짭니다."

"짜다?"

"제가 정보부에서 일한 지 벌써 10년이 넘었습니다만 녹봉이 아직도 그대로입니다."

카미엘이 제이나를 바라보았다.

"이게 무슨 소리인가?"

그녀 역시 씁쓸한 표정을 지었다.

"저야 영지가 있다고 하지만 제 부관들은 그렇지가 못합니다. 그나마 제 영지에서 나가는 사비로 충당하고 있지만 여전히 정보부의 녹봉은 나아질 생각을 하지 않고 있지요."

"으음, 그렇군."

정보부는 대외적으로 알려지지 않은 기관이기 때문에 정부에서 세운 복지 혜택을 전혀 받지 못했다.

더군다나 제국군이 한창 전리품을 챙기고 다닐 때에도 그들은 암흑 속에서 묵묵히 임무를 수행하고 있었다.

당연히 가난한 생활을 영유할 수밖에 없었다.

"그대의 뜻은 충분히 알았다, 한나 부장."

"감사합니다."

"내일까지 자네들의 녹봉 사항과 복무한 연수를 정리해서 나에게 제출하게. 다음 달까진 녹봉이 오를 걸세."

"정말 감사합니다!"

카미엘은 그녀들과 함께 황제가 있는 안전 가옥으로 향했다.

*   *   *

대운하 지역으로 들어가는 파론트 산의 초입.

9군은 이곳에 진을 치고 첨병과 자객들을 편성했다.

필립은 첨병들에게 지형을 살피도록 지시했고, 자객들은 그 지형에 대한 정보를 가지고 수적들의 흔적을 쫓기로 했다.

자객단의 단장을 맡은 제로스는 9군 특수부대의 천인대장을 맡고 있는 자이기도 하다.

그는 오랜 세월을 전장의 암흑 속에서 보낸 최고의 자객이기 때문에 누군가의 흔적을 쫓는 데 아주 탁월한 능력을 가지고 있었다.

제로스는 산의 중턱에서부터 초입까지 길게 나 있는 행렬의 발자국을 발견했다.

"단장님, 아무래도 찾은 것 같습니다."

하지만 그는 고개를 가로저었다.

"아니다. 이건 수적들의 발자국이 아니야. 수적들이 제국군이 신고 다니는 군화를 신고 다닐 리가 없지 않나?"

그는 바닥에 나 있는 족적을 순간적으로 분석하여 이것이 제국군의 군화가 남긴 족적임을 알아낸 것이다.

"한데 이곳에 어째서 제국군의 발자국이 남아 있는 것일까요? 대운하라는 길을 놔두고 이곳으로 행군한 부대는 우리가 처음일 텐데요."

"일단 발자국을 따라 계속 이동해 보자고."

"예, 단장."

그는 총 150명의 특수부대원을 이끌고 산비탈을 내려가기 시작했다.

그렇게 약 한 시간가량 이동하다 보니 저 멀리 막사를 치고 대기하고 있는 병력들이 눈에 들어왔다.

"병력입니다. 적게 잡아도 5천은 되어 보이는데요?"

"산중턱에 5천이라니, 뭔가 좀 이상하군. 최근에 저렇게 많은 병력이 움직인 것은 보고된 바가 없어."

"그러게 말입니다. 남부군은 전부 대운하를 타고 중앙 지역 성벽 가까이에 진을 쳤다고 들었습니다만."

"으음."

가만히 부하들의 얘기를 종합해 보던 제로스는 행선지를 바꾸었다.

"이쪽에서 운하 가까이로 이동한다."

"운하 쪽에는 남부군이 있습니다만?"

"그곳을 정찰해야겠어. 어서 이동하자."

"예, 단장."

"레이든."

"예."

"지금 당장 병사 30명을 이끌고 본진으로 향해라. 그리고 사령관께 지금 이 상황을 전달해라."

"예, 알겠습니다."

"글머, 이동하자고."

제로스는 병력을 이끌고 대운하 인접 지역으로 이동하기 시작했다.

*　　　*　　　*

황제 직속 안전 가옥.

초췌한 안색의 레비로스가 카미엘을 맞이했다.

"오오, 자네 왔는가?"

"황은이 망극하여이다."

"우리끼리 격식은 차리지 말자고."

"예, 폐하."

자리에서 일어선 카미엘이 제이나와 함께 안전 가옥의 지하실로 향했다.

"지하실에 질 좋은 술이 많아. 그곳에서 한잔하면서 얘기하자고."

카미엘은 인상을 찌푸렸다.

"종양이 발견되었다고 들었습니다. 그런데도 술을 마시겠다는 것입니까?"

"안 되나?"

"당연한 말씀을 하십니까? 지금 그 상태에서 술을 더 마셨다간 종양이 훨씬 더 크게 자라날 겁니다. 그땐 정상적인 활동을 하기 힘들다고 들었습니다."

레비로스는 카미엘의 잔소리에 씁쓸한 미소를 지었다.

"허참, 알겠네. 자네도 나이를 먹나 보군. 이렇게 잔소리가 늘어가는 것을 보면 말이야."

"그냥 상식선에서 말씀드린 겁니다. 제발 옥체를 소중히 여기시지요."

"알겠네."

카미엘은 오랜 친구가 뇌종양으로 죽어가는 모습을 가만히 지켜보는 것이 무척이나 힘들었다.

그러니 잔소리를 하지 않으려야 않을 수가 없었다.

지하실에 들어선 레비로스는 카미엘과 제이나를 대리석으로 된 테이블에 앉게 했다.

"술이 안 되면 고기라도 좀 먹자고. 그건 괜찮지?"

"그러시지요."

그는 산에서 잡은 사슴고기를 얇게 저며 만든 스테이크에 와인 소스를 뿌려 접시에 담았다.

제이나는 그 모습이 어색하지 않은지 굳이 자리에서 일어서지 않았다.

레비로스의 취미 중 하나가 요리라는 것을 익히 잘 알고 있었다.

그는 두 사람 앞에 음식을 차려주며 얘기를 이어나갔다.

"듣자 하니 한트 그 빌어먹을 작자가 일을 꾸민 것 같다고 하더군."

"예, 폐하. 아무래도 문신들이 정권을 잡기 위해 발악하는 것으로밖에 보이지 않습니다."

"썩을 놈."

한트는 지금까지 제국이 성장하는 데 많은 공헌을 했지만 그만큼 문신들의 배를 불리기 위해 엄청난 비자금을 조성해 왔다.

또한 자신의 입지를 굳히기 위해 많은 황가의 종친들을 저 세상으로 보냈다.

그런 한트를 레비로스가 달가워할 리 없었다.

"요즘 그놈이 자네를 참수시켜야 한다고 주장하고 다니고 있네. 어서 빨리 놈을 밀어내지 않으면 군부가 흔들리게 생겼어."

"안 그래도 그 때문에 제 휘하의 장수들을 모으고 있는 중입니다. 일거에 놈들을 쓸어버리기 위해서이지요."

"방법이 있겠나?"

"조금 복잡하긴 하지만 놈들을 충분히 궁지로 몰아넣을 수 있을 것 같습니다."

"그렇게만 된다면 속이 다 시원하겠어."

지금 레비로스의 가장 큰 걱정은 한트를 비롯한 문신들이 카미엘을 참수시키기 위해 제후들을 선동하고 있는 것이다.

"자네를 몰아내면 내 수족은 자동적으로 다 잘리고 말 걸세. 그렇게 되면 제국은 다시 분열하게 될 것이야."

"그렇게 되지 않도록 제가 미연에 손을 쓰겠습니다."

카미엘이 제거되면 제국은 자동적으로 분열될 수밖에 없다.

레비로스는 카미엘이라는 인물이 사라짐으로써 제국이 쇠약해짐을 걱정한 것이다.

"아무튼 그런 일이 생기지 않도록 함께 노력하자고."

"예, 폐하."

"일단 먹지. 좋은 음식을 앞에 두고 인상만 구기는 것은 올바른 행동이 아니야."

"감사합니다."

카미엘과 제이나는 레비로스의 특제 사슴 고기 스테이크를 맛보며 행복한 표정을 지었다.

"으음, 역시 폐하의 요리 솜씨는 제국 최고입니다."

"하하, 그런가? 자네가 칭찬하니 기분이 좋아지는군."

요리라면 카미엘도 아예 일가견이 없는 것은 아니지만 레비로스에게 비할 바는 아니다.

세 사람은 식탁에 마주 앉아 천천히 고기를 먹어치우기 시작했다.

*　　　*　　　*

대운하 인근 지역.

제로스는 이곳까지 배를 타고 온 병력이 운하의 깊숙한 곳으로 집결하고 있음을 알 수 있었다.

"1만, 아니야. 적어도 2만이 넘는 병력이 집결했다."

"왜 저렇게 많은 병력이 숲으로 모여들고 있는 것일까요?"

"반역이다."

"바, 반역이요?!"

"아무래도 놈들이 반역을 꾀하고 있는 것 같아. 그렇지 않고서야 이렇게 많은 병력이 운하에 집결할 리가 없어."

운하를 통제하고 있는 것은 해적들이 출몰해서가 아니라 남부군을 가장한 사병들이 집결하고 있었다.

그는 재빨리 전서매를 불러들였다.

휘이이익!

삐이이이익!

먹이사슬의 최상위에 위치한 매는 머리가 좋아서 사람이 길들이기 좋은 품종이다.

또한 비둘기보다 훨씬 생존력이 높아서 중간에 실종되는 일이 없었다.

그는 입으로 손가락에 피를 내어 군복 옷자락에 짧게 글귀를 적었다.

운하, 반역

이렇게 두 글자만 적어 넣어도 군사령부는 충분히 알아들을 것이다.

제로스는 전서매의 다리에 옷자락을 묶은 후 하늘로 날려 보냈다.

삐이이익!

이제 매는 빠른 속도로 산을 넘어 본진으로 돌아갈 것이다.

✻   ✻   ✻

9군 주둔지.

전서매가 전해준 소식을 접한 필립은 이를 악물었다.

"이런 개새끼들을 보았나?"

그는 전서매를 관리하는 병사에게 물었다.

"이 매가 얼마를 날아갈 수 있나?"

"매는 비둘기와 달라서 생존율이 상당히 높습니다. 아마 대륙 끝까지 날아가도 생존할 수 있을 겁니다."

"그렇군."

그는 매의 발에 장문의 편지를 써서 매달았다.

"이것을 원하는 곳까지 날리려면 어떻게 해야 하지?"

"사용하시는 전서구가 있으십니까?"

"그렇다네."

"녀석을 따라가도록 주입시키면 됩니다. 이를테면 최면 같은 방법이지요."

"좋아. 그럼 그 방법을 사용하도록 하지."

필립은 자신의 전서구를 카미엘에게로 날려 보냈고, 전서
매는 그 뒤를 바짝 따라 날기 시작했다.

외전 끝

내일을 향해 쏴라

김형석 장편 소설

FUSION FANTASTIC STORY

1만 시간의 법칙!
'성공은 1만 시간의 노력이 만든다' 는 뜻이다.

그러나…
사회복지학과 복학생 수.
전공 실습으로 나간 호스피스 병동에서
미지와 조우하다.

1만 시간의 법칙?
아니, 1분의 법칙!

전무후무한 능력이 수에게 강림하다!
맨주먹 하나로 시작한 수의
인생역전이 시작된다!

Book Publishing CHUNGEORAM

유행이 아닌 자유추구
WWW.chungeoram.com

북검전기

우각 新무협 판타지 소설

2014년의 대미를 장식할,
작가 우각의 신작!

『십전제』, 『환영무인』, 『파멸왕』…
그리고,

『북검전기』

무협, 그 극한의 재미를 돌파했다.

북천문의 마지막 후예, 진무원.
무너진 하늘 아래 홀로 서고, 거친 바람 아래 몸을 숨겼다.

살기 위해! 철저히 자신을 숨기고
약하기에! 잃을 수밖에 없었다.

심장이 두근거리는 강렬한 무(武)!
그 걷잡을 수 없는 마력이,
북검의 손 아래 펼쳐진다!

Book Publishing CHUNGEORAM

유행이 아닌 자유추구 -
WWW.chungeoram.com

천산루

FANTASTIC ORIENTAL HEROES

조돈형 新무협 판타지 소설

『궁귀검신』, 『장강삼협』의 작가 조돈형
그가 그려내는 새로운 이야기!

무림삼비(武林三秘)
천외천(天外天), 산외산(山外山), 루외루(樓外樓).

일외출(一外出), 군림천하(君臨天下)!
이외출(二外出), 난세천하(亂世天下)!
삼외출(三外出), 혈풍천하(血風天下)!

가문의 숙원을 위해, 가문을 지키기 위해
진유검, 무림의 새로운 질서를 세우다!

Book Publishing CHUNGEORAM

유행이 아닌 자유추구 -
WWW.chungeoram.com

즐거운 인생

인생

미더라 장편 소설

FUSION FANTASTIC STORY

A Bittersweet Life

삶의 의욕을 모두 잃은 주혁.
어느 날 녹이 슨 금속 상자를 얻는데……

"분명 어제도 3월 6일이었는데?"

동전을 넣고 당기면 나온 숫자만큼 하루가 반복된다!

포기했던 배우의 꿈을 향해 다시금 시작된 발돋움.
눈앞에 펼쳐진 새로운 미래.

과연 그는 목표를 이루고
인생을 바꿀 수 있을 것인가!

Book Publishing CHUNGEORAM

유행이 아닌 자유추구 -
WWW.chungeoram.com

이모탈 퓨전 판타지 소설
FUSION FANTASTIC STORY

워리어
Warrior

최강의 병기 메카닉 솔져,
판타지 세계로 떨어지다!

서기 2051년.
세계 최초의 메카닉 솔져 이산은
새로운 세계에 발을 딛게 된다.

"나는… 변한 건가?"

차가운 기계에서 따뜻한 피가 흐르는 인간으로!
카이론의 이름으로 새롭게 시작하는
진정한 전사의 일대기!

Book Publishing CHUNGEORAM

강준현 장편 소설

FUSION FANTASTIC STORY

개척자

Pioneer

『복수의 길』의 강준현 작가가 선보이는
2015년 특급 신작!

글로벌 기업의 총수, 준영.
갑자기 찾아온 몽유병과 알 수 없는 상황들.

"…누구냐, 넌?"
혼돈 속에서 순식간에 바뀐 그의 모든 일상.
조각 같던 몸도, 엄청난 돈도, 뛰어난 머리도 모두. 사라졌다!

스스로도 알 수 없는 낯선 대한민국의 밑바닥부터
다시 시작해야 하는 준영.

"젠장! 그래, 이렇게 산다!
대신 나중에 바꾸자고 하면 절대 안 바꿔!"

그는 과연 이 상황을 극복하고 자신의 운명을
새롭게 개척해 나갈 수 있을 것인가!

Book Publishing CHUNGEORAM

유행이 아닌 자유추구 -
WWW.chungeoram.com